AF316408

LE
GRAND

FEV, TONNERRE ET FOVDRE
du Ciel, aduenus sur l'Eglise
Cathedrale de Quimper-
corentin en basse
Bretainne.

ENSEMBLE

LA VISION PVBLIQVE

d'vn horrible & tres-espouuentable Demon sur ladite Eglise dans ledit feu, le
premier iour de Feurier
1620.

A RENNES,
Par IEAN DVRAND, Imprimeur & Libraire
M. DC. XX.

LE GRAND FEV, TON-
nerre & foudre du Ciel adue_
nus sur l'Eglise Cathedrale de
Quinpercorentin,	Auec la
Vision publique d'vn horrible
& tres. espouuentable Demon
dans le feu sur ladite Eglise.

S Amedy pre-
mier iour de
Feurier mil

six cens vingt aduint
vn grand malheur &
desastre en la ville de

A ij

Quimpercorétinc'est qu'vne belle & haute Pyramide couuerte de plomb estant sur la nef de la grande Eglise & sur la croisée de ladite nef, fut toute bruslée par le foudre & feu du Ciel, depuis le haut iusques à ladite nef, sãs pouuoir y apporter aucun remede.   Et pour sçauoir le commencement & la fin,

c’est que ledit iour sur
les sept heures & de-
mie tendant à huict du
matin, se fit vn coup
de tonnerre & éclairs
terrible entre autres:
& à l’instant fut visi-
blement veu vn demõ
horrible & espouuen-
table en faueur d’vne
grande onde de gresle
se saisir de ladite Pyra-
mide par le haut & au
dessous de la Croix,

estant le dit Demon.
de couleur verte, ay-
ant vne longue queuë
de pareille couleur Au
cun feu ny fumee n'a
parut sur ladite pira.
mide qu'il ne fuſt pres
d'vne heure apres mi
dy, que lafumee cõmẽ
ca àſortir du haut d'i
celle, & dura fumant
vn quart d'heure:& du
meſme endroict com
mẽça le feu àparoiſtre

peu à peu en augmen-
tant tousiours ainsi que
il deualoit du haut en
bas: tellement qu·il se
fit si grand & si espou.
uentable que l·on crai-
gnoit que toutel Eglise
fust brulee, & non seul
lement l Eglise, mais
aussi toute la ville tous
les tresors de ladite E-
glise furent tirez hors:
Les voisins d icelle fai
soient trãsporter leurs

biensle plus loing quel
ils pouuoient de peur
du feu. Il y auoit plus
de quatre cens hom-
mespourdeuoirtuer le
feu& ny pouuoiét rien
faire. Les Proceßions
allerentàlentourdelE-
glise&auxautrsEglises
chacunenpriere Enfin
ce feu alloit touſiours
en augmentant ainſi
qu il trouuoit plus de
bois. Finalement pour

toute resolution on
eut recours à faire
mettre des Reliques
sainctes sur la nef de
ladite Eglise pres & au
deuant du feu.
Messieurs du Chapi-
tre (en l'absence de
Monseigneur l'Euef-
que) commencerent
à conjurer ce meschãt
Demon, que chacun
voyoit apertement
dans le feu, tantost

B

vert tantoſt jaune,
tantoſt bleu, jettant
des Agnus Dei dans
iceluy, & plus de cent
cinquante barriques
d'eau, quarante ou
cinquante chartees de
fumier, & neantmoins
le feu continuoit.
Et pour derniere re-
ſolution l'on fit jetter
vn pain de ſeigle de
quatre ſolds, dans le-
quel on y mit vne

Hostie consacrée puis
on print de l'eau beni-
ste & la ietta non dans
le feu, tout aussi tost
le Demon fut con-
trainct de quitter le
feu: & auant que de
sortir il fit vn si grand
remu-mesnage, que
l'on sembloit estre
tous bruslex, & qu'il
deuoit emporter l'E-
glise & tout auec luy:
Et en sifflant il sortit
B ij

à six heures & demie
du soir dudit iour, sans
faire autre mal (Dieu
mercy) que la totale
ruine de ladite Pyra-
mide, qui est de con-
sequence de douze
mille escus du moins.

Ce meschant estant
hors, on eut la raison
du feu.

Et peu de temps a-
pres ledit pain de sei-
gle se trouua encore

en la mesme essence
qu'il estoit, sans estre
aucunement endom-
magé, fors que la crou
te estoit vn peu noi-
re.

Et sur les sept ou
huict heures & demie
apres que tout le feu
fut esteint, la cloche
sonna pour amasser le
peuple, afin de rendre
graces à Dieu.

Messieurs du Cha-

pitre auec les Chori-
ftes & Muficiens châ-
terent le Te Deum, &
vn Stabat mater dans
la Chapelle de la Tri-
nité, à neuf heures du
foir.

Graces à Dieu il n'eft
mort personne, fors
trois ou quatre blef-
fez.

Il n'eft pas poffible
de voir chofe plus
horrible & efpouuen-

i table qu·estoit ledit
à feu.
&
ns
i.
lu

est

rs

ef

le

us

n-

FIN.

Vicomte A. de FARIA

MEMBRE DU CONSEIL HÉRALDIQUE DE FRANCE

NOTICE GÉNÉALOGIQUE

SUR LA FAMILLE

des Comtes d'Hertault de Beaufort

(Extrait de la *Revue Héraldique* et de la *Revue des Questions Héraldiques*)

(Septembre 1905)

— 1905 —

8, Rue Daumier, 8

PARIS

NOTICE GÉNÉALOGIQUE

SUR LA FAMILLE

des Comtes d'Hertault de Beaufort

Vicomte A. de FARIA

MEMBRE DU CONSEIL HÉRALDIQUE DE FRANCE

NOTICE GÉNÉALOGIQUE

SUR LA FAMILLE

des Comtes d'Hertault de Beaufort

(Extrait de la *Revue Héraldique* et de la *Revue des Questions Héraldiques*)

(Septembre 1905)

— 1905 —

8, Rue Daumier, 8

PARIS

NOTA-PRÉFACE

Nous voulions ajouter à cette étude, pour lui donner toute autorité, une bibliographie complète des sources imprimées et manuscrites que nous avons consultées à son sujet ; mais cette addition aurait fait dépasser à notre travail la mesure que nous lui voulions donner.

Qu'il nous suffise de dire que nous n'avons négligé aucun des documents d'archives ou de bibliothèques concernant la famille d'*Hertault de Beaufort*.

A ce sujet nous nous faisons un plaisir de remercier le comte d'Hertault de Beaufort qui a bien voulu nous communiquer les papiers de famille où nous avons puisé les plus sûres indications. Ces remerciements s'adressent également à son neveu le vicomte Jacques de Beaufort dont les recherches nous ont aidé à compléter les nôtres.

Nous n'oublierons pas de reconnaître — en l'assurant de notre gratitude — l'obligeance de M. Raphaël M. Kirchheim, de Francfort, qui nous a aimablement autorisé à reproduire les deux tableaux entre ses mains, reproductions qui illustrent notre texte et sont dues à l'habileté si artistique de M. Schlesicky-Strohlein, photographe de Francfort.

M. H. Boyer, ancien directeur de la Compagnie Royale des chemins de fer portugais, a trouvé ces deux beaux portraits chez Monsieur Latgé antiquaire à Toulouse, provenant du château de Mus.

M. Raphaël Kirchheim en devint possesseur, après la mort de son frère, M. Isaac Kirchheim, qui en avait fait l'acquisition.

Toutes ces collaborations nous ont été précieuses, à divers titres, et nous sommes heureux de reconnaître ici ce que nous leur devons.

Pallanza (Lac Majeur)
28 octobre 1905,

Vicomte A. DE FARIA.

MARIE-BÉRÉNICE DE LACAMOIRE D'ANCOS

Mariée à Jacques-Joseph-Antoine d'HERTAULT, comte de BEAUFORT
Grand Prévôt des Maréchaux d'Auch, de Béarn et de Navarre

                    (Peint par JOUVENET, 1664-1749.)

NOTICE GÉNÉALOGIQUE

SUR LA FAMILLE

DES COMTES D'HERTAULT DE BEAUFORT

(Angleterre, Picardie, Roussillon, Nîmes,

Béziers, Landes, Paris).

Armes : *De gueules au pélican d'or sur sa piété ou son nid de même, accompagné en pointe d'une croisette d'argent au chef cousu d'azur, chargé de trois larmes ou perles d'argent* (armorial d'Hozier, Paris, Tome II, 1697).

La famille d'Hertault de Beaufort est originaire du Boulonnais. D'après une tradition ancienne elle prend son nom de l'alliance, vers 1490, de Jean de Beaufort, de la maison d'Angleterre, avec Marie d'Hertault, d'origine picarde. Les premiers degrés de la filiation sont peu précis ; on n'est fixé d'une manière à peu près certaine qu'à partir du XVIe siècle :

Jean d'Hertault, écuyer, seigneur de la Héronnière, se fixa au Mont-Lambert près de Boulogne-sur-Mer (1) et y vivait encore en 1560. Il eut :

Jacques d'Hertault, écuyer, seigneur de la Héronnière, vivant en 1600. Celui-ci eut :

Robert d'Hertault, écuyer, seigneur de la Héronnière, (fief dans le Boulonnais, commune de Bazinghen), qui vivait au Mont-Lambert (localité près de Boulogne-sur-Mer) en 1643 (2). Il mourut le 1er juillet 1650 et fut enterré dans l'Eglise de St-Martin-lès-Boulogne où on voyait encore son tombeau en 1789 (3). Il s'était marié en premières noces avec Françoise Cousinet, de qui il eut :

1. — *Jeanne* qui épousa François de La Retz (4), écuyer.

2. — *Louise*, appelée aussi Jeanne-la-Jeune, alliée, le 13 février 1640, par contrat passé par devant Gilles Prudhomme, notaire royal à Boulogne-sur-Mer, à noble Jean de Raullers, écuyer, seigneur de Mauroy, (fils de noble Antoine de Raullers, aussi seigneur de Mauroy et de Catherine du Maire) dont elle eut :

---

(1) Les troubles, les guerres et les révolutions incessantes qui ont ravagé le Boulonnais pendant le xve et le xvie siècle ont appauvri particulièrement les archives de cette province ; c'est ce qui explique les lacunes regrettables auxquelles on ne peut remédier en ce qui concerne les recherches généalogiques touchant cette époque.

Un document curieux, daté du 1er juillet 1693 et signé de tous les notaires de Boulogne-sur-Mer, constate qu'ils n'ont dans leurs études aucunes pièces ou minutes de 1550 à 1560. — Depuis ces dates la révolution de 89 a dispersé et anéanti encore bien des souvenirs du passé.

(2) Inventaire pour le partage des biens de Robert d'Hertault, écuyer seigneur de la Héronnière. Acte du 15 Décembre 1643 (Papiers de famille).

(3) Epitaphe de Robert de la Héronnière, en l'église St-Martin lès Boulogne. *Icy gist le corps de Robert Hertault, en son vivant, écuyer, sieur de la Héronnière et autres lieux, qui décéda le premier jour de juillet mil six cent cinquante. Priez Dieu pour son âme.*

(4) Voir *La Gorgue Rosny :* « Recherches généalogiques sur le Ponthieu, le Boulonnais, etc. 4 vol. ; Boulogne-s-Mer 1874.

Lamiré, seigneur de la Retz ; porte : d'argent à la bande de sable accompagné de six billettes de même, 3 en chef, 3 en pointe, posées en bandes.

Robert de Raullers, sieur de Mauroy, capitaine au régiment de Hodicq.

3. — *Pierre*, bailli d'Andres, sans postérité.

Du second mariage de Robert d'Hertault avec Madeleine de Bourgogne de Brédan (qui était issue d'une branche naturelle légitimée de la maison ducale de Bourgogne), naquirent deux fils :

1. — *Robert d'Hertault de Beaufort*, qui suit.

2. — *Théodore d'Hertault s^r de Hoves*, tige des d'Hertault de Hoves restée en Boulonnais et éteinte dans les mâles avant la Révolution de 1789. (1).

Première branche

Robert d'Hertault de Beaufort né au Mont-Lambert en 1625, deuxième du nom, écuyer, capitaine au régiment de Piennes (2), major, pour le roi de France, de la ville et citadelle de Pignerol en Piémont, reprit le nom de *Beaufort* que sa famille avait cessé de porter pendant deux générations.

Il épousa, en l'église cathédrale de Pignerol, le 20 juillet 1655, noble demoiselle Adrienne ou Adrianne de la Simonne qui mourut à Boulogne-sur-Mer le 15 mars 1691, fille de messire Guillaume de la Simonne, écuyer, seigneur de Saint-Pierre, sergent-major, pour le Roi de France, en la citadelle du dit Pignerol, et de noble dame Jacqueline de Riencourt, d'une des plus anciennes maisons de Picardie. Le contrat du dit mariage avait été

(1) ARCHIVES DE BOULOGNE-SUR-MER
Page 309 : « Agnès Hertault de Hoves épouse en 1700 Georges de Lardier, Sr de Sarcenne de Nempont.
Page 69 : « Robert Hertault de Hoves teste en 1767 en faveur de ses sœurs Agnès-Louise, Marianne Josephe, Marie Yolante.
Page 70 : « Agnès-Louise Hertault de Hoves teste en 1779 en faveur de Georges-Louis-François de Hémont Sr de Senlecque, son cousin.
(2) La province de Pignerol, après le traité de Cherasco (1630), qui donnait Pignerol à la France fut occupée par les troupes françaises et administrée par un gouverneur. (Voir *Storia di Pinorolo*, par le baron Carutti et *La vérité sur le masque de fer* par Th. Yung). —
Le Marquis de Piennes (Antoine de Brouilly) fut gouverneur de Pignerol comme successeur du marquis de Villeroy.

passé, le 18 juillet précédent, par devant M⁰ Jean Faure, notaire royal à Pignerol, en présence de messire Antony Perrotin, chevalier, seigneur de la Bretonnière, maréchal des camps et armées du roi en la province de Pignerol, lieutenant de Sa Majesté en la dite province ; Jacques Cavalier, écuyer, seigneur de Saint-Jacques, commandant pour le Roi, en la citadelle de Pignerol ; Edme de Bazin, écuyer, seigneur de Trémon, capitaine au régiment de Piennes ; Michel Henri de Cotty, écuyer, capitaine au même régiment. Robert d'Hertault de Beaufort fit son testament le 27 juillet 1669. Il mourut le 28 juillet de la même année, en l'âge de 44 ans, et fut inhumé en l'église des Clarisses de Pignerol (1). De cette union vinrent :

1. — **Antoine Marie**, né à Pignerol le 14 novembre 1659, et mort le 21 août 1669, environ un mois après son père, auprès duquel il fut inhumé. — Baptisé à l'église de St-Joseph de la Société de Jésus le 2 Décembre 1659 (Extrait des registres paroissiaux de l'Église de San Donato de Pignerol).

2. — **Marie Antoine d'Hertault**, chevalier, comte de Beaufort, naquit à Pignerol, le 29 septembre 1660, et fut baptisé en l'église de St-Joseph, le 3 octobre suivant.

  Il était capitaine (2) au régiment de Noailles infanterie, lorsqu'il épousa à Perpignan, le 1ᵉʳ janvier 1695, noble demoiselle Marie Anne de Marcorelle, fille unique et héritière d'illustre seigneur messire Charles de Marcorelle, chevalier, seigneur de Tautavel, Vingrau et autres lieux et de noble dame Marie Anne d'Albion.

(1) L'épitaphe de Robert d'Hertault de Beaufort recueilli et consigné dans les « Iscrizione subalpine raccolte verso il 1780 » dal P. Borgarelli (Bib. du roi à Turin) est reproduit à la page 510 de l'*Histoire de Pignerol* par le baron Carutti. — Voir aussi le numéro de Juin 1905 de la *Rivista del Collegio Araldico* de Rome (p. 335).

(2) Il fut commandant du fort St-Laurent de Cerdans, puis lieutenant colonel des milices du Roussillon, et mourut vers 1714.

Archives des Pyrénées-Orientales. — Série C. :

Page 363 : « Lettres de la Cour sur la mise en défense du fort de St-Laurent de Cerdans commandé par le sieur de Beaufort ».

Page 32 : « 1711-1714. — Testament d'Antoine Marie de Beaufort commandant le fort de St-Laurent de Cerdans. »

Page 115 : « Noblesse : M. de Beaufort. » —

Page 392 : « Plaintes de la veuve du sieur de Beaufort, lieutenant

Le Comte Marie Antoine de Beaufort mourut en 1714.
Son épouse mourut le 26 mai 1719, laissant :

1. — JACQUES JOSEPH-ANTOINE ou JEAN JOSEPH HERTAULT comte DE BEAUFORT, (1) seigneur de Tautavel, Vingrau et autres lieux, né à Perpignan, le 6 février 1696, lieutenant au régiment de Béarn infanterie, puis conseiller du Roi, Prévôt général de la maréchaussée de France dans les généralités d'Auch, Béarn et Navarre, par lettres royales données à Marly le 10 décembre 1729.

Il épousa à Saint-Sever, le 26 mars 1724, noble-demoiselle Marie Bérénice (2) de Lacamoire d'Ancos, fille de messire Léonard de Lacamoire, (3) écuyer, seigneur et baron d'Ancos, conseiller du Roi, Prévôt général des généralités d'Auch, Béarn et Navarre, et de noble dame Marie de Laugar.

Jacques Joseph Antoine mourut le 29 avril 1740 à St-Sever, à l'âge de 44 ans. — Sa veuve se remaria le 17 octobre 1749, à messire Hippolyte de Faudoas de Sérillac, chevalier, capitaine au régiment de Berri, quatrième fils de messire Ber-

colonel d'un régiment de milices, qui commandait le fort de St-Laurent, au sujet des procédures faites contre son fils, enseigne de la colonnelle du régiment de Perrin, accusé d'avoir bastonné un soldat. Avis de l'intendant déclarant que l'intention de S. M. est que l'affaire n'ait pas de suite. »

(1) Acte du mariage de Joseph-Antoine d'Hertault, comte de Beaufort, avec Marie-Bérénice d'Ancos de Lacamoire :

Vu la dispense des deux bans... accordés à messire Joseph Antoine d'Hertault comte de Beaufort, seigneur de Tautavel et autres lieux, de la paroisse du dit Tautavel et à demoiselle Marie d'Ancos de Lacamoire, habitant St-Sever, la bénédiction leur a été donnée par Mgr Paul Robert de Beaufort, évêque de Lectoure, en présence de MM. Philippe de Baylens, marquis de Poyanne et Castelnau, gouverneur de Dax et St Sever et noble Jean Jacques de Valier, seigneur de Bourg et d'Antoine de Caplan qui tous ont signé le 26 mars 1724 : Signé : d'Hertault, comte Beaufort, Marie de Lacamoire, P. R. évêque de Lectoure, Lelau de Candalle de Foix, Caplan, de Cés Horsarrieu, de Laugar d'Ancos, Poyanne, de Valier, Portets.

Tiré de l'Armorial des Landes par le baron de Cauna.

(2) Marie Bérénice avait une sœur : Jeanne de Lacamoire, mariée à messire de Cés-Horsarrieu

(3) Lieutenant en la milice en 1693, lieutenant en la prévôté de Guienne 1703. Grand prévôt d'Auch et Béarn en 1727. — (Armorial des Landes).

Il mourut le 18 août 1744.

nard de Faudoas, chevalier, baron de Sérillac, seigneur de la Sauvetat, Martel, Auger, etc. et de dame Marie de la Fargue.

Du mariage du comte Jacques Joseph Antoine avec mademoiselle de Lacamoire vinrent :

> I. — LÉONARD BERTRAND (1) D'HERTAULT DE BEAUFORT, chevalier, comte de Beaufort, baron d'Ancos, né à Saint-Sever, le 27 octobre 1727, mousquetaire du Roi de la seconde compagnie, capitaine de cavalerie par commission et brevet du 23 août 1743, conseiller du Roi, Grand Prévôt de la maréchaussée de France au département d'Auch, Béarn et Navarre, pourvu de cette dernière charge par lettres royales du 28 mai 1745. (2) qui épousa en la ville de Bayonne, le 24 décembre 1753, demoiselle Jeanne Van Ostroom (3), d'origine hollandaise, fille de noble Antoine Van Ostroom, riche habitant de Bayonne, et de dame Françoise de Bruix. Le comte Léonard Bertrand d'Hertault de Beaufort mourut le 17 avril 1779 ; sa veuve lui survécut jusqu'au 11 juin 1810 ; elle mourut à Saint-Sever à l'âge de 78 ans.

(1) *Acte de naissance :*
Le 27 octobre 1727 naquit Léonard de Beaufort et fut baptisé le 28, fils légitime de Joseph Antoine d'Hertault, comte de Beaufort et de dame Marie de Lacamoire. Parrain, messire Léonard de Lacamoire prévôt général d'Auch et de Béarn ; marraine dame Claire de Beaufort, dame de Mus, à la place de laquelle a tenu dame de Bourrouillan.
Signatures : Jeanne de Bourrouillan. — Lubet vicaire. — d'Hertault comte de Beaufort, — de Lacamoire.

(Armorial des Landes)

(2) Nommé prévôt général de la maréchaussée de Béarn par provision du 25 mai 1745, succédant à son grand-père Léonard de Lacamoire mort le 18 août 1744. Les fonctions de prévôt général ont été exercées par le sieur Ducasse, lieutenant de maréchaussées jusqu'à la majorité du sieur d'Hertault de Beaufort, reçu le 15 mars 1746, remplacé le 1er janvier 1764.

(3) Les Van Oostrum ou Ostroom de noblesse hollandaise, dont un membre était venu se fixer à Bayonne, était d'ancienne race.
Une fille de Nicolas van Ostrum était en 1488 religieuse de Lensbourg où il fallait huit quartiers de noblesse.
Une sœur de Jeanne Van Ostroom, épousa, à l'âge de 70 ans, à Bayonne, M. de Bonal officier dans le régiment de Cambrésis, qui tenait garnison à Bayonne. Elle mourut vers 1782.

De cette union vinrent :

1) *Jean-Joseph - Antoine - Bernard* (1) *Mathias*
d'Hertault de Beaufort, chevalier, comte
de Beaufort, baron d'Ancos, né à Saint-
Sever le 24 février 1759, officier au régiment de Bric infanterie, qui comparut en
1789 aux assemblées électorales de la noblesse de la sénéchaussée de Dax.

Émigré lors de la tourmente révolutionnaire,
il ne revint en France que sous l'Empire
et vécut dans la retraite jusqu'à l'époque
de la Restauration qui le nomma major
d'infanterie et chevalier de l'ordre de Saint-
Louis. Il avait épousé à Saint-Sever demoiselle Constance du Puy de Sauvescure,
mais ne laissa pas de postérité.

2) *Antoine-Hélène* né le 18 août 1763 à Coudures, diocèse d'Aire, entré dans les ordres
et mort à Coudures le 17 décembre 1822 (2).

3) *Marie,* alliée le 12 décembre 1781 à Ga-
briel Darrieutort, avocat au Parlement
de Navarre, fils de noble Armand Darrieutort et de dame Janne Domecq.

(1) Cadet gentilhomme au régiment de Bric-infanterie, 6 Juin
1770 ; — sous-lieutenant dans la compagnie colonnelle, 28 février 1778 ;
sous-lieutenant en second, 16 juin 1787, démissionnaire le 7 juin 1788.
Il comparut comme représentant de la noblesse aux Etats Généraux
de la sénéchaussée de Dax le 17 mars 1789. En 1791 il émigra et
se rendit à l'armée des Princes — dite armée de Condé.

Au licenciement de cette armée il passa en Espagne et s'enrôla
dans la légion de St-Simon (1793) qui devint le régiment de Bour-
bon ; il y fut lieutenant puis capitaine. Il passa ensuite au service de
l'Espagne dans la légion de Zamora où il resta jusqu'en 1808.

Revenu en France il y vécut dans la retraite. — La Restauration lui
rendit quelques biens. Louis XVIII lui donna une retraite comme
chef de bataillon le 9 Décembre 1814, puis il fut breveté major le 23
Janvier 1815.

La croix de chevalier de St-Louis lui avait été accordée le 29 Juillet
1814. Il mourut à St-Sever en 1853 dernier représentant de la branche
aînée. — Il a laissé des *Mémoires* qui sont à la Bibliothèque nationale
sous la cote L n 27 1262.

(2) L'abbé de Beaufort refusa de prêter serment à la Constitution
civile du Clergé, et fut durement persécuté sous la Terreur. (Voir :
Les diocèses d'Aire et de Dax sous la Révolution par l'abbé Légé).

II. — PAUL D'HERTAULT, chevalier DE BEAUFORT (1)
cornette de cavalerie, tué d'un coup de canon
à la bataille de Lawfeld le 2 juillet 1747, il
était âgé de 18 ans.

III. — Autre LÉONARD, né le 5 août 1734, mort
jeune.

IV. — JEAN-JOSEPH D'HERTAULT DE BEAUFORT (2),
chevalier, seigneur de Mus, Réals et autres
lieux, près de Béziers, commune de Murviel,
né à Saint-Sever le 13 mai 1736. Il fut capitaine au régiment d'Auvergne-infanterie, chevalier de l'ordre royal et militaire de Saint-
Louis et épousa, par contrat passé par devant
Mᵉ Jean-Baptiste-Sapion Chevallier et son con-
frère, notaires royaux à Nîmes, le 29 juin ou le
2 juillet 1774, haute et puissante demoiselle
Marie-Claire Simon de Calvi, baronne de
Blauzac et de Malaigues, née le 6 septembre
ou le 6 novembre 1745, à Blauzac (Gard), fille
de messire Jacques-Xavier-Simon de Calvi,
écuyer, capitaine de grenadiers au régiment de
Montbeureux et de noble dame Jeanne-Elisa-
beth d'Arbaud, baronne de Blauzac et de Malaigues (née à Blauzac le 8 février 1722) rema-
riée, lors de ce mariage, à messire Jean Michel
d'Ysarn, chevalier, capitaine au régiment de la

(1) Le 12 décembre 1728 naquit et fut baptisé Paul de Beaufort, fils légitime de messire Jean Joseph d'Hertault comte de Beaufort, seigneur
de Tautavel en Roussillon et de Marie Bérénice de Lacamoire, conjoints.
Parrain et marraine Jean Jacques de Beaufort, chevalier de St-Louis
commandant au port d'Orient (sic) (au fort de St-Laurent, je pense) à
la place duquel a tenu Bernard de Cés et dame Jeanne de Lacamoire
de Tousents, à la place de laquelle a tenu dame Marie de Laugar de
Lacamoire.

(Armorial des Landes)

(2) Lieutenant au régiment d'Auvergne-infanterie le 22 Janvier 1747,
il devint capitaine le 12 septembre 1757. Il obtint une pension de retraite le 15 Juillet 1773 et avait été décoré de la croix de St-Louis le 21
mars 1772. — Il mourut à Murviel le 16 mars 1813.

Roche-Aymon cavalerie et chevalier de l'ordre de Saint-Louis.

La dite Marie-Claire-Simon de Calvi était petite fille du côté paternel de Jacques Simon, célèbre avocat au Parlement de Bourgogne, doyen (en 1776) des avocats de Semur en Auxois, et de Ferdinande de Calvi, fille elle-même de Gérome de Calvi, gentilhomme milanais, capitaine d'une compagnie allemande entretenue au compte de Bourgogne, et de demoiselle de Montagu. Et du côté maternel, de messire Charles-René d'Arbaud, chevalier, seigneur et baron de Blauzac et de Malaigues, et de noble dame Jeanne Madeleine de Pouyard (fille de Robert de Pouyard et de Jeanne de Maurin). Jean-Joseph d'Hertault de Beaufort, de Mus, mourut à Murviel, arrondissement de Béziers le 16 mars 1813. Il laissait :

1) *Marie-François* (1) *Michel d'Hertault*, vicomte de Beaufort, allié à demoiselle de Cléricy, dont il n'a pas eu de postérité.

2) *Marie-Pierre-Jean-Charles-Gustave d'Hertault de Beaufort, comte de Beaufort*, né au château de Blauzac le 10 mars 1789 qui suit.

3) *Marie-Jeanne-Elisabeth*, née à Blauzac le 5 avril 1775, alliée le 20 nivôse an II ou XI à Bernard-François-Marie Sahuc, de Vendres, d'une très ancienne famille originaire du Puy en Velay (ses enfants ont pris le nom de la seigneurie de Mus que la dite Marie-Jeanne-Elisabeth eut en partage).

4) *Marie-Françoise*, née à Blauzac le 29 novembre 1780, alliée à M. Tiffy.

(1) Né le 22 août 1777 à Blauzac, baptisé le 24:
Il leva en 1815 dans le département du Gard une compagnie de volontaires royaux. — (V : Armorial des Landes du Baron de Cauna — Tome II. p. 153 — Bordeaux 1865.)

    5) *Marie-Jeanne-Françoise*, née le 19 août 1785, alliée à M. de Saint-Victor.

    6) *Marie-Claire*, née et baptisée le 19 avril 1783 à Blauzac.

    7) *Marie-Françoise-Victoire*, née le 24 juillet 1776 à Blauzac.

V. — Joseph Simon, né le 12 octobre 1732, chanoine prêtre de l'église de Beauvais, abbé prébendé de Langlade, décédé à Mouchy-le-Chastel (Oise) le 16 Messidor, An vii.

VI. — Marie (1) épousa le 11 décembre 1722 noble Bernard de Basquiat, seigneur chevalier de Toulouzette (fils de Jean de Basquiat, baron de Toulouzette et de Marie-Anne du Poy de Monicanne). De ce mariage naquirent :

    1) *Benoît-Clément*, capitaine au régiment de Navarre, à Aix, chevalier de Saint-Louis, qui épousa en mai 1804 Rose-Luce Thorè et eut :

        a) *Alphonse de Basquiat*, baron de Toulouzette, marié à sa cousine Elisabeth de Mugriet.

        b) *Marie de Toulouzette* qui épousa le comte Lamarque, fils du général comte Lamarque.

    2) *Léonard-François*, guerre d'Amérique, ordre de Cincinnatus.

    3) *Joseph-Simon*, Sr de Miremont, garde du corps, grand prévôt de l'armée de Condé, chevalier de Saint-Louis.

    4) *Marie-Anne-Paule*, mariée le 22 février 1773 à Jean-Baptiste de Brethous, écuyer, seigneur de Lannemas.

2. — ANNE JACQUES (2) né à Perpignan le 25 décembre 1701 mort jeune,

3. — JEAN FRANÇOIS ANTOINE né à Perpignan

(1) *Archives des Landes.*
(2) Frère de Jacques Joseph Antoine (page 9).

PAUL-ROBERT D'HERTAULT DE BEAUFORT

Evêque de Lectoure (1721-1745)

2ᵈ semestre 1905, planche II.   (Peint par JOUVENET, 1664-1749.)

le 12 novembre 1699 qui fut seigneur de Tautavel en partie et mourut sans postérité.

4. — MARIE CLAIRE, alliée à messire Charles du Mas, écuyer, seigneur de Mus, dont elle était veuve en 1750.

5. — MARIE CATHERINE ANTOINETTE.

6. — MARIE JACQUETTE, mortes filles toutes les deux.

3. — **Pierre François** (1), né à Pignerol le 5 mars 1664 et baptisé le 7 mars suivant, mort jeune.

4. — **Guillaume** fixé en Roussillon par son mariage avec demoiselle Marie de Lhom dont une fille : Marie-Anne, né à Perpignan le 23 décembre 1702.

5. — **Paul Robert** (2) né à Pignerol le 2 Janvier 1667; chanoine de la Ste Chapelle de Vincennes, grand vicaire d'Ypres, abbé commandataire de Notre Dame de Forestmontiers, évêque de Lectoure, mort en son palais épiscopal, le 26 août 1745 (il était évêque de Lectoure depuis le 11 janvier 1721).

6. — **Catherine Benigne** née à Pignerol le 5 octobre 1665.

7. — **Thérèse Françoise** née à Pignerol le 16 mars 1663 toutes les deux mortes sans alliances.

(1) Frère de Antoine Marie (page 8).
(2) Destiné au sacerdoce, il fut reçu docteur en théologie à la Sor-

Deuxième branche

Marie Pierre Jean Charles Gustave d'Hertault, comte de Beaufort

Beaufort, décoré de la Croix du Lys le 7 octobre 1814, (deuxième fils du comte Jean Joseph d'Hertault de Beaufort et de Marie Claire Simon de Calvi) né au château de Blauzac le 10 mars 1789, mort à Béziers en 1858, épousa à Béziers le 9 juin 1813 Hélène Thérèse de Trémouille de Sibadies (née à Béziers le 10 frimaire an 3) fille de messire Pierre Antoine Henri de Trémouille de Sibadies, chevalier, conseiller maître en la souveraine Cour des Comptes, aides et finances de Montpellier, et de noble dame Suzanne de Noyel de Sermezy, petite-fille du côté paternel de messire Antoine de Trémouille (1), écuyer, conseiller du roi, lieutenant général de la sénéchaussée et siège présidial de Béziers et noble dame Louise Thérèse de Peyrotes de Soubès, petite nièce du cardinal de Fleury. Et du côté maternel, de messire Jean Baptiste de Noyel, chevalier, seigneur de Sermezy, comte de Béreins et de Mons, capitaine au régiment de Picardie, et de noble dame Marguerite Elisabeth de Riverieulx de Varax, fille elle-même de Hugues de Riverieulx, comte de Varax, président en la cour des monnaies, lieutenant général criminel en la senechaussée et siège présidial, prévôt des marchands de Lyon, de 1745 à 1749 et de Blanche Albanel, (par les Riverieulx de Varax

bonne. Le roi Louis XIV le nomma chanoine de la Sainte Chapelle de Vincennes ; les procès-verbaux du Chapitre (Archives nationales) le mentionnent depuis 1695 jusqu'en 1703. Le 5 septembre 1703, le roi lui donna le doyenné de la cathédrale d'Ypres (Belgique). (Voir : YPRIANA, tome VI, par Vanderpeereboom). Il y resta jusqu'en octobre 1717, époque à laquelle il fut nommé Abbé commandataire de Forest-moutiers (Somme) (Voir le tome 98 des manuscrits de Dom Grenier sur la PICARDIE). — Le Régent le désigna pour l'évêché de Lectoure le 8 Janvier 1721. Le nouveau prélat fut consacré au Val de Grâce le 7 Juin 1722 et prêta serment à Louis XV le 11 Juin (Voir GALLIA CHRISTIANA.)

(1) Il était fils d'Antoine de Trémouille, assesseur en l'Hôtel de Ville de Béziers en 1697.

La famille de Trémouille originaire du Rouergue était de haute ancienneté.

Pierre de Trémouille est témoin dans un acte daté de l'an 1000.

Le nom de son frère *Gilbert* paraît dans un document de 1077.

En 1275, *Garnier de Trémouille*, chevalier et *Bertrand de Trémouille* figurent parmi les nobles du territoire d'Aubin, etc... (Voir : *Notes généalogiques sur le Rouergue*, par H. de Barrau, 4 vol.).

les d'Hertault de Beaufort sont alliés aux familles de Tircuy de
Corcelles, Roederer, de Schonen, Bailly de Barberey, de Ferrière
Le Vayer, de Chabanne. de Liedekerke, de Brazza etc.).

De ce mariage est né :

**François Louis Charles Amédée d'Hertault, comte
de Beaufort** né à Béziers le 20 avril 1814, mort à Paris le
14 juillet 1889, écrivain distingué, ancien directeur de la
Presse au Ministère des Affaires Étrangères (1) chevalier des
ordres de la Légion d'honneur et des S. S. Maurice et Lazare
d'Italie a épousé, le 19 Avril 1845 à Belleville (Seine) Dorothée
Hippolyte Elisa Kayser (2) d'une noble famille d'Alsace,
décédée à Paris le 28 janvier 1895, dont trois fils :

1.—AMÉDÉE HYPPOLITE MAURICE D'HERTAULT, comte
de BEAUFORT né le 5 mai 1839, marié le 25 juin 1870 à
Louise Victorine Jeanne de Nadault de Vallette, de même
souche que les Nadault du Theil et les Nadault de Buf-
fon, fille de César Léon de Nadault, marquis de Vallette, et de Diane-Marie-Gabrielle-Louise-Françoise-Pe-
rette Claudine de Semur du Lieu (cette dernière, petite
fille du comte de Précy, lieutenant général des armées
du Roi, célèbre par sa belle défense de Lyon sous la
Terreur.)

Il mourut au château de Boisgibault (Gers) le 30 août
1896.

2. — JEAN ALPHONSE PAUL comte de BEAUFORT colonel, chevalier de la Légion d'honneur, né le 5 septembre 1845. qui se maria en premières noces avec Mlle
Marie Aubin dont il eut :

1. — MARIE DE BEAUFORT.

2. — GABRIELLE DE BEAUFORT.

Jean Alphonse Paul comte de Beaufort épousa en secondes noces Mlle Marie Raynaud dont il eut :

1. — SIMONNE DE BEAUFORT.

(1) Il fut attaché au cabinet de monseigneur le duc de Nemours
avec monsieur Larnac.
(2) Fille de M. Kayser chef de la maison militaire du duc de Pen-
thièvre (frère de l'abbé Kayser, aumônier de la duchesse d'Orléans
mère du roi Louis-Philippe) et de Mme Kayser (fille du baron de
Humm.)

2. — Jean de Beaufort.

3. — JOSEPH EUGÈNE LOUIS D'HERTAULT vicomte de BEAUFORT, né à Paris le 22 décembre 1847 épousa à Paris le 15 juillet 1872 Anne Marie Françoise Susanne de Lucmau de Classun née à Ladaux (Gironde) le 20 décembre 1846, fille de Pierre Henri Chevalier de Lucmau de Classun et de Jeanne Thérasie Dupouy de Six-Sens dont :

    1. — Jeanne Dorothée Marie Magdeleine d'Hertault de Beaufort, née à Paris le 10 mai 1873 (82 rue de la Victoire), baptisée à Ladaux le 31 août de la même année, mariée le 7 juin 1900 à Carlo Alberto de Marchi Baron della Costa, né à Buenos-Aires le 25 juillet 1870, fils de D. Marco de Marchi et de Marie-Rose de Crobaré de Cazenave.

    2. — Pierre Marie Amédée Joseph Jacques d'Hertault de Beaufort né le 3 juin 1874 au château d'Hories (Gironde) baptisé à Ladaux le 29 du même mois.

    3. — Maurice Marie Joseph Robert d'Hertault de Beaufort né le 10 mai 1876 au château d'Hories, baptisé à Paris à l'église St-Philippe du Roule.

    4. — Jaqueline, morte en bas âge.

Armes d'alliances de la maison d'Hertault de Beaufort

de Bourgogne de Brédan, porte : aux 1 et 4 de Bourgogne moderne, aux 2 et 3 de Bourgogne ancien et sur le tout de Flandre au filet d'argent.

de Raulers de Mauroy, porte : d'or au chevron d'azur surmonté en chef de deux molettes d'éperon de sable et une rose de gueules en pointe. (Armorial d'Hozier).

de la Simonne de St-Pierre, porte : de gueules au cerf d'argent accorné d'or sur une terrasse de sinople, ayant derrière lui un bois aussi d'or sur lequel sont perchés deux éperviers affrontés d'argent et un chef d'or chargé d'une aigle à deux têtes de sable becqués et membrés de gueules (Armorial d'Hozier).

de Marcorelle, porte de gueules à l'aigle éployé d'argent soutenue en pointe d'un monde d'argent cintré d'or croiseté d'or (Armorial de Toulouse par J. Brémont.)

Van Ostrum, porte d'azur à l'aigle d'or becqué et membré de gueules (Armorial de Rietstap).

de Basquiat de Toulouzette, porte de gueules à une bande d'argent chargée de troix flanchies du champ à la bordure componée de 20 pièces d'argent et de gueules, (Armorial des Landes).

Simon de Culvi, porte d'azur à une montagne de six coupeaux d'or accompagné en chef de deux étoiles de même (Armorial de la Chambre des Comptes de Bourgogne.)

Du Mas Sr de Mus porte, aux 1 et 4 d'argent à un chène de sinople, fruité d'or, au 2 et 3 d'azur chargé d'un chevron vuidé ; potencé et contrepotencé de treize pièces aussi d'or, cantonné de trois fioles de même. (d'Hozier).

Sahuc porte, parti au premier d'azur à une demi fleur de lys ; au 2 d'argent à un demi aigle éployé de sable et un croissant en pointe parti d'argent et de sable. (Armorial d'Hozier).

Tiffy, porte de gueules au griffon d'argent soutenant une toison d'or.

Noyel de Béreins de Sermézy porte, d'azur à la bande d'argent chargé de trois étoiles de gueules au chef d'or. (d'Hozier).

de Trémouille porte d'argent à une fasce de gueules, accompagné en chef de trois trèfles de sable, en pointe de trois oiseaux de même rangés nageant sur une rivière d'azur à une molette d'or. (d'Hozier).

de Lucmau de Classun porte, écartelé aux 1 et 4 de gueules à un mont de trois coupeaux d'argent : au 2 d'argent à un oiseau volant de sable posé en barre la tête en bas, au 3 d'azur à une merlette d'or. (Rietstap).

de Marchi della Costa porte, d'argent au lion de sable, au chef d'azur, chargé de trois fleurs de lis d'argent.

Vicomte ANTONIO DE FARIA.

Requête adressée à Mgr de Néville

Intendant de la Généralité de Bordeaux

PAR LE

Comte JEAN-JOSEPH DE BEAUFORT, appelé à faire

ses preuves de noblesse.

————+————

Monseigneur,

Le dit comte de Beaufort (1), officier au régiment de Bric-Infanterie a l'honneur de vous représenter qu'il a été recherché par le contrôleur des actes du Bureau de Mugron pour le paiement des droits de franc fiefs de la Caverie et domaines nobles de

(1) Dans ses *Mémoires* dont un exemplaire est à la B^{thèque} Nationale sous la cote Ln 27 1262, le comte Jean-Joseph de Beaufort rappelle qu'il dut faire ses preuves de noblesse pour entrer en possession de *terres nobles* que lui avait léguées un cousin éloigné, Jean de Lauga, ancien capitaine au Régiment d'Auvergne, chevalier de St-Louis :

« Les fiefs possédés par des nobles, écrit le comte de Beaufort, étaient
« seuls exemps d'impôt... Pour jouir en privilégié de la fortune que
« me laissait Mr de Lauga je fus obligé de faire mes preuves de no-
« blesse et comme ma famille n'était pas originaire de Gascogne, ma
« généalogie était difficile à établir Un ancien ami de mon père me
« donna des instructions fort détaillées et je me mis à parcourir la France
« dans tous les sens, recueillant çà et là des actes de mariages, de
« naissances, de décès ; visitant les vieilles études de notaire, les greffes
« et surtout les couvents où se trouvaient de nombreuses sépultures,
« ornées d'inscriptions et d'armoiries ..

« Mes recherches me conduisirent à Pignerol dont un Beaufort était
« mort gouverneur vers 1640... Suivant toujours le fil de ma généa-
« logie je partis pour Boulogne s/ Mer où je trouvai des titres plus que
« suffisants pour établir ma qualité. Heureux du succès de mes re-
« cherches, avide de distractions et de voyages, je franchis le détroit qui
« me séparait de l'Angleterre et visitai Londres. Après ce gai pèleri-
« nage, je rentrai dans ma famille et mes preuves de noblesse furent
« reconnues complètes »

C'est au retour de ce voyage que M de Beaufort adressa à l'intendant de la généralité de Bordeaux, M. Le Camus de Néville, le document que nous donnons ici.

Mayran auxquels il a succédé par le décès du Sieur de Lauga, Chevalier de Saint-Louis, son parent.

L'exposant dont la famille n'est pas originaire de cette province n'a pu d'abord rassembler toutes les preuves qui établissent sa noblesse de race quoiqu'elle ait toujours joui de cette prérogative puisqu'elle y possède de père en fils, des biens nobles sans jamais avoir été recherchée pour le franc-fief, a demandé et obtenu de votre Grandeur différents délais pour faire la recherche des actes qui prouvent que cette famille est véritablement noble de race et il a tout lieu de se flatter qu'il y est parvenu.

La famille d'*Hertault de Beaufort* est originaire du Mont lambert en Boulonnais, ses descendants y ont toujours pris la qualité de nobles et d'écuyers.

Robert Hertault, seigneur de la Héronnière, y vivait en 1643.

Il avait été marié en premières noces avec Demoiselle *Françoise Cousinet* dont il avait eu deux filles mariées avec les Srs de la Retz et de Raullers, Ecuyers ; en deuxièmes noces avec *Demoiselle Madelaine de Brédam* (1) ; c'est ce qui résulte de l'inventaire fait entre les dites deux demoiselles d'Hertault assistées de leurs maris et ledit Sr de la Héronnière et la dame de Brédam, sa deuxième épouse, inventaire du 15 Décembre 1643 collationné sur l'expédition en forme par deux notaires de la ville de Boulogne-s-Mer dont les signatures sont légalisées par M. le Lieutenant général de la Sénéchaussée du Boulonnais (2), le 6 Juin 1789.

Du mariage d'entre le sieur *Robert d'Hertault de la Héronnière* avec la dame *de Brédam* qui forment la tige des *d'Hertault de Beaufort* naquirent :

Robert d'Hertault de Beaufort et *Théodore d'Hertault de Hove* ainsi qu'il conste : 1°) de l'acte de transaction qui fut passé entre la dame *de Brédam* leur mère et lesdits *Robert* et *Théo-*

(1) *De Bourgogne de Brédam* : cette branche de la maison ducale de Bourgogne avait pour auteur Charles de Bourgogne seigneur de Falais, de Brédam etc... fils de Baudoin bâtard de Bourgogne, issue de Philippe le Bon, duc de Bourgogne et de Catherine de Tiesseries.

« Diverses familles de ce nom, dit Lagorgue-Rosny dans ses *Recherches historiques sur le Boulonnais* sont issues de Philippe le Bon ; elles se sont alliées aux premières familles de ces pays. »

(2) François-Joseph Pagart, S^r d'Hermausart, conseiller du roi, lieutenant général de la sénéchaussée du Boulonnais de 1770 à 1790.

dore le 20 septembre 1650 devant Maréchal, notaire royal, où ils sont qualifiés d'écuyers et fils dudit S^r *d'Hertault de la Héronnière* aussi qualifié d'écuyer ; 2°) par le partage qui fut fait le même jour devant le notaire des biens de leur père où ils sont pareillement qualifiés d'écuyers.

La tombe où reposent les cendres dudit *Robert d'Hertault de la Héronnière* existe encore dans l'église de Saint-Martin lès Boulogne avec cette inscription gravée sur la pierre qui est dans le chœur au côté droit de ladite église :

> *Ici gist le corps de Robert Hertault en son vivant*
> *Ecuyer, seigneur de la Héronnière et autres lieux*
> *qui décéda le 1er jour de juillet 1650*
> *Priez Dieu pour son âme*

L'exposant a fait faire un collationné de ladite inscription par devant notaire le 4 juin 1789 et cet acte prouve encore qu'on ne tenait pas à cette époque des registres dans cette église pour les sépultures ; il ne s'en est pas trouvé non plus pour les baptêmes et les mariages. L'exposant aurait sans cela pu faire remonter bien plus haut l'origine de sa famille.

La famille *d'Hertault*, dans les branches *de Beaufort* et *de Hove* a toujours exercé la profession des armes. Robert servit avec distinction dans le régiment de Piennes et parvint au grade de major de la ville de Pignerol.

Il se maria avec la dame *Adriane de la Simonne* le 18 juillet 1655. Il est dit dans le contrat de mariage qu'il est fils de *Robert Hertault*, écuyer, Sr *de la Héronnière* et de la demoiselle *Magdelaine de Brédam ;* il y est qualifié d'écuyer. Le mariage fut célébré le 20 du même mois ainsi qu'il conste de l'extrait des registres de mariage de l'église cathédrale de la ville de Pignerol où les futurs conjoints sont qualifiés du mot latin : *Per illustres dominos...*

De ce mariage naquirent plusieurs enfants entre autres *Antoine Marie* et *Marie-Antoine*. Robert décéda le mois de juillet 1669 et fut enterré dans l'église de Sainte-Claire de la paroisse Saint-Maurice de la ville de Pignerol. Et son fils Antoine-Marie qui mourut le mois d'août suivant, fut enterré dans la même tombe.

L'épitaphe honorable qui lui fut faite quelque temps après subsiste encore dans cette église aves ses armes et celles de la dame *Adrianne de la Simonne*, son épouse. Il y est qualifié de *scutarius nobilissimus sed nobilior virtute ; urbis et arcis pigne-rolicnsis Prœfectus major, sed prœficiendus majoribus...*

L'exposant a fait faire un collationné de la dite épitaphe par devant notaire le 19 mars 1789 ; ce collationné est certifié par le sénateur comte don Gabriel-Marie Melano, préfet de la ville de Pignerol et de la Province, juge mage de la vallée de Pregella pour Sa Majesté le roi de Sardaigne.

Ledit seigneur Robert, major de Pignerol, avait fait son testament le 27 juillet 1669 par lequel il déclare que de son mariage avec la dame *Adrienne de la Simonne* il a eu cinq garçons et deux filles, l'aîné nommé *Antoine-Marie*, *Marie Antoine*, son puiné, *Thérèse-François*, *Pierre-François*, deux autres garçons et une fille auxquels aucun nom n'a été imposé, pour n'avoir pas encore reçu les cérémonies du baptême. L'un de ces garçons était *Paul-Robert* qui fut depuis évêque de Lectoure, ainsi qu'on le verra plus bas ; dans cet acte comme dans tous les autres, Robert est qualifié à juste titre d'écuyer.

Marie-Antoine d'Hertault de Beaufort fut marié avec la dame *de Marcorelle*. Il est qualifié dans son contrat de mariage du 1er janvier 1696, fils légitime et naturel de l'illustre Robert d'Hertault de Beaufort, aussi écuyer, et de dame *Adrienne de la Simonne*. La dame de Marcorelle est qualifiée la fille de l'illustre *Charles de Marcorelle* et de dame *Marianne d'Albion*. Elle se constitua en dot une somme de 30.000 livres en argent et diamants, de même que les terres et seigneuries de Tautavel et de Vingrau (1) et généralement tous ses biens.

Avec ce contrat de mariage l'exposant rapporte un arrêté de compte entre ledit *Marie-Antoine de Beaufort* mari de ladite dame *de Marcorelle* avec la dame *Elisabeth Le Coq*, veuve de *Monsieur le marquis de Châtillon*, lieutenant général des Armées du Roi et lieutenant pour S. M. de la Province du Roussillon le 20 Octobre 1700 et la procuration consentie par le dit

____

(1) *Tautavel* et *Vingrau*, dans le comté du Roussillon, étaient en 1700 deux communes de 57 et 55 feux.

Marie-Antoine d'Hertault de Beaufort où il est qualifié d'illustre
Marie-Antoine d'Hertault de Beaufort, pour recevoir les sommes
à lui dues par plusieurs personnes qui délibérèrent la députa-
tion du sieur Brutu pour lors Consul de la ville de Perpignan
et enfin le testament de la dite dame de Marcorelle du 27 Octobre 1699 où elle institue pour son héritier général et universel
le premier enfant mâle né de son mariage, nommé *Joseph-Antoine*.

L'exposant rapporte l'extrait baptistaire de *Joseph-Antoine
d'Hertault de Beaufort*, où il est dit qu'il est fils légitime et naturel
de messire *Antoine d'Hertault de Beaufort* capitaine au régiment
de Noailles-Infanterie et de dame Marianne de Marcorelle ; plus les
extraits baptistaires de plusieurs autres de leurs enfants ; l'extrait
mortuaire de la dite dame de Marcorelle du 26 mai 1719 ; le contrat
de vente du 23 Décembre 1719, consenti par le Sieur *Joseph-Antoine de Beaufort*, écuyer, héritier de la dame Marianne de
Marcorelle, en faveur de Jean Fabre, habitant de Courras d'une
grange et vigne et une olivète situés au territoire de Courras
pour 3.980 livres.

Plus le contrat de constitution de rente annuelle et perpé-
tuelle de la somme de 780 livres au capital de 39.000 liv. à raison du denier 50, consenti par Messire *Paul-Robert d'Hertault
de Beaufort*, abbé de Notre-Dame de Forestmoutier (1) comme
procureur de *Messire Joseph-Antoine d'Hertault de Beaufort,
seigneur de Tautavel et Vingrau*, en faveur de M. de Sacy, l'un
des 40 de l'Académie Française le 26 juillet 1720. Plus le contrat
de transaction passé entre le sieur Jean Ouvrin au lieu et place
de M. de Sacy et l'illustrissime et révérendissime *Messire Paul-
Robert d'Hertault de Beaufort*, évêque et seigneur de Leytoure,
oncle dudit Joseph-Antoine portant arrêté de compte des rentes
dudit capital du 12 Mai 1738.

Plus l'extrait de l'impartition de la bénédiction nuptiale d'entre ledit messire *Joseph-Antoine d'Hertault, comte de Beaufort
seigneur de Tautavel* et autres lieux et de *Marie d'Ancos de la
Camoire* faite par ledit seigneur *Paul-Robert d'Hertault de
Beaufort*, évêque de Leytoure, oncle du futur, le 26 mai 1724 ;
le contrat d'obligation consenti par le même *Joseph-Antoine*

(1) Abbaye de bénédictins du diocèse d'Amiens.

d'Hertault, comte de Beaufort, Prévost général des généralités d'Auch et de Navarre en faveur du sieur Prisonnier, le 17 mai 1730 et l'extrait mortuaire dudit Joseph-Antoine le 29 avril 1740.

Du mariage dudit *Joseph-Antoine* et de ladite dame *Marie d'Ancos de la Camoire* naquit *Léonard d'Hertault, comte de Beaufort* ainsi qu'il conste de son extrait baptistaire du 27 octobre 1727, de plus, l'extrait produit pour justifier toujours de la possession de la qualité de noblesse et d'écuyer dans la famille Hertault de Beaufort, la pourvoyance et nomination que fit ce dernier pour son curateur devant le sénéchal de Saint-Sever, de la personne du sieur Tousents où il est qualifié de Messire *d'Hertault, comte de Beaufort,* du 27 août 1742 ; plus le testament dudit Sr Evêque de Lectoure, grand oncle dudit Léonard, par lequel il institue ce dernier pour son héritier général et universel du 8 septembre 1742 avec l'acte de souscription du 26 du même mois et le verbal d'ouverture du 27 août 1743.

Plus la commission et brevet d'une des compagnies d'une nouvelle levée de cavalerie donnée au dit *Sr d'Hertault comte de Beaufort,* le 23 avril 1743.

Plus la commission et brevet de l'office de Prévôt Général de la Maréchaussée du Département d'Auch et de Béarn et Navarre en faveur du dit *Sr-Léonard d'Hertault, comte de Beaufort,* du 8 juillet 1749.

Plus le contrat de donation entre vifs consenti par la dame *Marie d'Ancos de La Camoire,* mère dudit Léonard et femme en secondes noces de Messire Hyppolite de Faudoas en faveur du dit Léonard son fils du 4 mai 1750.

Plus le contrat de mariage d'entre ledit Messire *Léonard comte de Beaufort,* Prévôt général, avec demoiselle *Jeanne Van Oosterom,* du 24 septembre 1753 ; plus le contrat de transaction passé entre ledit sieur comte de Beaufort et le sieur Hyppolite de Faudoas, veuf de la dite dame Marie de La Camoire le 2 septembre 1754.

L'exposant pourrait ajouter à cette production déjà trop nombreuse une foule d'autres actes qui établissent la noblesse de race et de la plus constante possession de la qualité de noble et d'écuyer dans sa famille. Il se contentera d'observer qu'il est

né du mariage d'entre ledit *Léonard d'Hertault comte de Beaufort* avec la *dame de Van Oostrom* suivant son extrait baptistaire du 24 février 1759 ; qu'il a été pourvu de la commission de
sous-lieutenant dans le régiment de Brie le 28 février 1778 et
qu'il en a prêté le serment le 23 avril de la même année ; qu'il
a été pourvu de la commission de lieutenant dans le même régiment le 21 avril 1784 et qu'il a été reçu en cette qualité le 23 mai
suivant ; qu'ayant succédé au sieur de Lauga, il a fait procéder
à la levée du scellé qui avait été apposé sur ses meubles et effets
suivant le verbal du 9 janvier 1786 et qu'il a acquis du sieur
Cary la métairie appelée de Pecazeaux, située à St-Geours et
qu'enfin dans tous les actes qu'il a passés il a pris, comme ses
ancêtres, la qualité d'écuyer.

Il ajoute encore que la branche *Théodore d'Hertault de Hove*
s'est maintenue jusqu'à son extinction dans ces derniers temps
dans les emplois militaires et qu'elle est entièrement tombée en
quenouille, ce qui se justifie pour les différentes commissions
accordées aux descendants de cette branche.

Il ose donc se flatter qu'après l'examen le plus scrupuleux de
ses titres en bonne et due forme il sera débarrassé des poursui-
tes qu'on lui fait essuyer et à la suite desquelles il a été obligé
de faire un voyage très dispendieux dans le Roussillon, dans la
Savoie et ensuite dans le Boulonnais pour avoir des expéditions
en forme de tous les actes qui établissent la possession de noblesse de sa famille depuis plus d'un siècle pendant cinq générations consécutives.

Partant il vous plaira, Monseigneur, relaxer l'Exposant de la
demande de francfief et il ne cessera de faire des vœux au ciel
pour la santé et la prospérité de votre Grandeur.

Épitaphe de Robert d'Hertault de Beaufort

Préfet-major de Pignerol (1625-1669)

enterré le 29 Juillet 1669 dans la Chapelle des Clarisses de Pignerol

D. O. M.

Hic jacet clarissimus
Robertus Ertau
Montlamberti apud Bononiam
In Belgio natus. Dominus
De Beaufort. Scutarius
Nobilissimus sed nobilior
Virtute. Urbis et arcis
Pigneroliensis Prœfectus
Major, sed prœficiendus
Majoribus. In Turma
Militari Domini de Pienne
Olim dux bellicosissimus
Castrorumque prœfecti
Vicarius. Totius rei
Bellicæ peritissimus.
Cujus fides regi cognita
Probitas toti regno. Unde
Et sibi et morti
Superstes licet cum
Antonio Maria carissimo
Filio hic tumuletur
Obiit die 28 Julii anno
1669 et œtatis 44.

Ici gît Robert Hertault, né au Montlambert près de Boulogne, Seigneur de Beaufort, écuyer très noble, mais plus noble par sa valeur, Préfet major de la ville et citadelle de Pignerol, chef très vaillant, parmi les troupes du Seigneur de Piennes, lieutenant du maréchal des camps, expert en toutes les choses de la guerre, et dont la fidélité au roi était connue, comme aussi la vertu, par quoi, afin qu'il survive à la mort, il lui a été donné, d'être enterré ici, avec son très cher fils, Antoine-Marie, il est mort le 28 juillet de l'an 1669, dans la quarante-quatrième année de son âge.

MENSUEL — ILLUSTRÉ — 3e ANNÉE . N° VI — FÉVRIER 1901

RECUEIL D'ACTES NOTARIÉS

d'Etat Civil, Pièces Authentiques

Sur toutes les Familles, Manuscrits anciens inédits

Orné de Portraits, vues de Châteaux, Domaines, Armoiries et autres

(fondé en 1898, sous le nom de *Recueil Historique et Littéraire*)

Fondateur

TRIGANT DE LATOUR

des " l "

SOMMAIRE

Numéro spécial réservé aux familles d'Hertault de Beaufort et de Marchi Della Costa.

Ce numéro contient 36 pages de texte

Deux gravures

ABONNEMENT, UN AN : 9 FRANCS 50

Avec droit d'insertion d'Actes : un an, 15 francs

Le numéro 0 fr. 80

Adresser les abonnements et tout ce qui concerne la Revue à M. le Directeur du *Recueil d'Actes*, 3, rue Général Henrion-Bertier, à Neuilly-sur-Seine (Seine).

Le numéro III du *Recueil d'actes*, 2e série, a paru avec 10 pages de texte, dont 8 de documents sur la famille Turgan, et 8 de notes pour la monographie de la commune de Cercoux (Charente-Inférieure), de 1791 à nos jours, dans le *Mercure héraldique*, d'Avril 1901.

Depuis lors, le *Mercure héraldique* a cessé de paraître ; 40 pages d'actes, plus 8 pages d'une notice sur Cercoux, y avaient été publiées, formant comme une autre série du *Recueil d'actes*. Auparavant, un article de notre Directeur (annoncé au *Recueil d'actes*, n° 4) avait été inséré dans le *Mercure héraldique*, le n° de Janv.-Févr. 1901 de cette revue a reproduit deux questions de notre Directeur qui avaient été insérées dans la *Revue des questions héraldiques*. Le *Mercure*, revue ayant cessé sa publication au milieu d'un exercice, notre Directeur a fait envoyer un de ses ouvrages à tous les abonnés du *Mercure*, cette publication ayant mis le nom de M. le baron de Latour comme co-directeur, M. de Latour n'a jamais autrement qu'il est dit ci-dessus touché au *Mercure héraldique*. Ce rôle seul lui revient.

Notice explicative du « Recueil d'Actes »

Insertion des Documents

Le « Recueil d'actes » publie gratuitement, pour n'importe quelle personne, les pièces, lettres, actes (notariés d'état-civil, de famille), œuvres d'auteurs morts, et tout document quelconque inédit, authentique, sans *aucune* modification et in-extenso, que l'on désirerait. Mais il faut être abonné pour un an, quinze francs (0 fr. 50 pour un an ; pour les personnes qui ne veulent rien y faire publier), à adresser à M. le baron Maxime Trigant de Latour, à Lauzerte (Tarn-et-Garonne), adresse suffisante.

Le droit gratuit est de 8 pages d'insertion par abonnement ; dès que les circonstances le permettront, il sera accordé un plus grand nombre de pages, la revue comptant augmenter sa pagination à mesure des disponibilités nécessaires.

Les pièces à insérer doivent être transmises à la Direction du Recueil (3, rue Général Henrion-Bertier, Neuilly), toutes copiées et toutes ces copies écrites au recto de chaque feuille (le dos de chaque page laissé en blanc pour plus de facilité à l'impression).

Si l'on désire ne pas faire les copies, il suffit d'envoyer les documents au Recueil, qui fera les copies moyennant 0 fr. 20 par page d'impression.

L'insertion des gravures est aussi gratuite, mais le cliché doit être fourni, ou les frais du cliché remboursés à la Direction. Un cliché reviendrait dans les 8 à 20 fr. selon le travail.

Curieuse pour tous, cette revue est indispensable à tous les généalogistes, à tous les écrivains, elle leur évite de longues et laborieuses recherches, de grandes pertes de temps, de coûteux déplacements.

Sans oublier les conditions de bon marché des insertions faites, introuvables ailleurs, leur valeur étant bien supérieure au prix des abonnements.

Le *Recueil d'actes* empêche la disparition de documents précieux, aujourd'hui où l'on voit partout de faux nobles, des gens portant des titres, des particules sans y avoir droit, des familles d'hier se targuer d'ancienneté. La suspicion s'étend à tous, il est bon de conserver à l'histoire ses preuves en les publiant. Le *Recueil d'actes* est la seule publication qui puisse le faire. Autrefois il y avait des institutions qualifiées pour recevoir ces preuves, les admettre ou les rejeter, le *Recueil d'actes* seul les a remplacées, les familles ont le devoir de conserver à l'avenir et d'y faire reconnaître l'exactitude de leur filiation, de leur titre, de leur ancienneté, de leur bourgeoisie, de leur noblesse, de la non usurpation de leurs qualités, comme du nom qu'elles portent. Il n'y a pour cela qu'une preuve, des documents authentiques établissant ce que l'on est.

Le *Recueil* est mensuel, tant que la direction perdra une somme importante sur cette œuvre scientifique et historique, elle se réserve le droit de remplacer plusieurs numéros par des publications du même genre.

Sommaire du présent numéro

Numéro spécial réservé aux familles de Marchi d'Hertault de Beaufort et à leurs alliés.

PREUVES DE FILIATION

DES

FAMILLES D'HERTAULT DE BEAUFORT

ET DE MARCHI DELLA COSTA

PREUVES DE FILIATION

DES

Familles D'Hertault de Beaufort et de Marchi Della Costa

ACTE DU MARIAGE CIVIL DE MADEMOISELLE MAGDELEINE DE
BEAUFORT AVEC LE BARON CARLO DE MARCHI
DELLA COSTA.

XVIe ARRONDISSEMENT DE PARIS
Année 1900. — N° 456

L'an mil neuf cent, le cinq juin, à trois heures trois
quarts du soir, acte de mariage de CARLO ALBERTO
IDE MARCHI, né à Buenos-Ayres (République Argentine),
e vingt cinq juillet mil huit cent soixante dix, propriétaire, domicilié à Paris, boulevard des Capucines 12,
fils majeur de Marco de Marchi et de Maria de Croharé,
époux décédés ; le futur de nationalité suisse, muni d'un
certificat de coutume duquel il résulte qu'il est apte à
contracter mariage, sans le consentement de ses ascen-
dants, d'une part. — Et de JEANNE DOROTHÉE
MARIE MADELEINE D'HERTAULT DE BEAUFORT,
née à Paris, le dix mai mil huit cent soixante treize, sans
profession, domiciliée avec ses père et mère à Paris, rue
Spontini 16, fille majeure de Joseph Eugène Louis
d'Hertault de Beaufort, et de Anne Marie Françoise
Suzanne de Lucmau de Classun, son épouse, propriétaires, présents et consentants, d'autre part. — Dressé
par Nous, Edgard Berthemet, adjoint au maire, officier
de l'état civil du seizième arrondissement de Paris, qui
avons procédé publiquement en la mairie à la célébration
du mariage, dans la forme suivante : après avoir donné
lecture aux parties : 1° de leur acte de naissance ; 2° du
certificat de coutume sus-énoncé ; 3° des actes des
publications faites en cette mairie et en celle du neuvième
arrondissement de Paris, les dimanches vingt et vingt
sept mai dernier, sans opposition, toutes les pièces
susmentionnées dûment paraphées et annexées ; 4° du

chapitre 6 du livre 1er du Code civil (titre du mariage
sur les droits et devoirs respectifs des époux. — Après
avoir interpellé les futurs époux, les père et mère de la
future, lesquels nous ont déclaré qu'il n'a pas été fait de
contrat de mariage, Nous avons demandé aux futurs
époux s'ils veulent se prendre pour mari et pour femme
chacun d'eux ayant répondu affirmativement et séparé-
ment à haute voix, Nous avons prononcé au nom de la
loi que CARLO ALBERTO DE MARCHI et JEANNE
DOROTHÉE MARIE MADELEINE D'HERTAULT DE
BEAUFORT, sont unis par le mariage, En présence de :
Sylvestre, baron de Marchi della Costa, âgé de trente
trois ans, officier d'état-major dans l'armée Argentine,
domicilié à Paris, avenue des Champs-Elysées 97, frère
de l'époux; Antoine, vicomte de Portugal de Faria, âgé
de vingt sept ans, secrétaire du Commissariat du Portugal à l'Exposition, domicilié à Paris, rue Boissière 11,
beau-frère de l'époux; Edmond, marquis de Maillard
Lafaye, âgé de cinquante cinq ans, propriétaire, domicilié à Paris, rue de la Pompe 170; Georges baron de la
Loge de Saint Brisson La Chesnaye, âgé de cinquante
huit ans, propriétaire, domicilié à Paris, rue Boissière
30; témoins qui ont signé avec les époux, les père et
mère de l'épouse, et Nous après lecture. — Suivent les
signatures.

ACTE DU MARIAGE RELIGIEUX DE MADEMOISELLE MAGDELEINE
DE BEAUFORT AVEC LE BARON CARLO DE MARCHI
DELLA COSTA.

—

PAROISSE SAINT HONORÉ D'EYLAU
Place Victor Hugo (Paris)

—

L'an 1900, le 7 Juin, après la publication de trois
bans faite en cette Eglise, vu le certificat de *statu libero*
du futur, vu le certificat de l'officier de l'état civil du
XVIe arrondissement en date du cinq juin courant, je
soussigné curé de St-Honoré d'Eylau ai reçu, en cette
Eglise le mutuel consentement que se sont donné pour le
mariage CARLO ALBERTO DE MARCHI BARON
DELLA COSTA fils majeur de Marc et de Marie de
Croharé, époux décédés, demeurant au Grand Hôtel à
Paris et avant à Pallanza (Italie) d'une part. Et DORO-

THÉE JEANNE MARIE MAGDELEINE D'HERTAULT DE BEAUFORT fille majeure de Joseph Eugène Louis vicomte d'Hertault de Beaufort et de Anne Marie Françoise Suzanne de Lucmau de Classun son épouse d'autre part. Et leur ai donné la bénédiction nuptiale en présence des témoins : BARON SYLVESTRE ANTOINE DE MARCHI DELLA COSTA, ·Palace Hotel, — ANTONIO DE PORTUGAL DE FARIA, 11 rue Boissière, — GEORGES DE SAINT BRISSON, 30 rue Boissière, — JOSEPH EDMOND MARQUIS DE MAILLARD LAFAYE, 179 rue de la Pompe.

―――――――

ACTE DE NAISSANCE DU BARON CARLO DE MARCHI DELLA COSTA (QUI ÉPOUSA MADEMOISELLE MAGDELEINE DE BEAUFORT).

―

ASTANO (SUISSE)

(Traduit de l'italien)

―

La Municipalité d'Astano et pour elle l'officier de l'Etat-Civil déclare que CARLO ALBERTO (CHARLES ALBERT) DE MARCHI, DES BARONS DELLA COSTA, patricien d'Astano, frère du baron Sylvestro Antonio (SYLVESTRE ANTOINE) de Marchi originaire d'Astano, est né à Buenos Ayres, de feu Marco (MARC) et de feue Maria (MARIE) de Croharé (¹), le vingt cinq juillet de l'année mil huit cent soixante dix, Le syndic : sig. : G. Trezzini. — Le secrétaire : sig. : A. de Marchi. — Le curé : sig. : Pietro Maricelli. — Le Président du praticiat : sig. : Pietro de Marchi. — Astano le quatorze mai dix neuf cent. — Suivent les légalisations de la Légation Suisse en France et du Ministre des Affaires Etrangères.

―――――――

(1). Pour la généalogie de la famille DE CROHARÉ voir l'ouvrage suivant :

" *Armorial de Béarn* " 1696-1701 ;

Tome premier : publié et annoté par A. de Dufau de Maluquer et J.-B.-E. de Jaurgain. — Paris, Honoré Champion, éditeur, 9 quai Voltaire, 1889.

Tome second : publié d'après les manuscrits de la bibliothèque nationale et accompagné de notes biographiques, historiques et généalogiques par A. de Dufau de Maluquer. — Pau, veuve Léon Ribaut, libraire, 6, rue St-Louis, 1893.

Acte de naissance de Mademoiselle MAGDELEINE DE BEAUFORT (qui épousa le BARON CARLO DE MARCHI DELLA COSTA).

—

IXe ARRONDISSEMENT DE PARIS

Année 1873

—

Du mardi treize mai mil huit cent soixante treize, à une heure de relevée, Acte de naissance de JEANNE DOROTHÉE MARIE MADELEINE du sexe féminin, à nous présentée, née le dix de ce mois à deux heures du soir chez ses père et mère, rue de la Victoire 82, fille de Joseph Eugène Louis d'HERTAULT DE BEAUFORT, propriétaire, âgé de vingt cinq ans, et de Anne Marie Françoise Suzanne de Lucmau de Classun, sans profession, âgée de vingt six ans, mariés à la première mairie de Paris le douze juillet dernier, Sur la déclaration du père, en présence de Pierre Henri de Lucmau de Classun, propriétaire, âgé de cinquante cinq ans, même maison, aïeul de l'enfant, Alphonse Jean Paul d'Hertault de Beaufort propriétaire âgé de vingt sept ans, Boulevard Haussmann 41, oncle qui ont signé avec le père et avec nous Albert Henri Yoer, adjoint au maire après lecture. — Suivent les signatures.

Acte de baptême de Mademoiselle MAGDELEINE DE BEAUFORT (qui épousa le BARON CARLO DE MARCHI DELLA COSTA).

—

COMMUNE DE LADAUX (GIRONDE)

—

Le trente et un août mil huit cent soixante treize, je soussigné, curé de l'Eglise Saint-Martin, de Ladaux (1), ai suppléé les cérémonies du Baptème à DOROTHÉE JEANNE MARIE MADELEINE D'HERTAULT DE BEAUFORT demeurant sur cette paroisse, à Hories. — Le parrain a été François Louis Charles Amédée d'Her-

---

(1). *Note* ; Le 29 Juin 1874 a été baptisé à Ladaux Pierre-Amédée-Marie-Joseph-JACQUES d'Hertault de Beaufort né le 3 du même mois ; et le 11 Juin 1876 a été ondoyé à Ladaux Maurice-Marie-Joseph-ROBERT d'Hertault de Beaufort né le 10 mai de la même année.

tault de Beaufort. — La marraine a été Jeanne Thérèse de Classun.

En foi de quoi j'ai signé le présent acte.

P. Pouzade, curé. — Cte de Beaufort. — J. T. de Classun.

ACTE DU MARIAGE CIVIL DU **VICOMTE LOUIS D'HERTAULT DE BEAUFORT** AVEC LA **VICOMTESSE DE BEAUFORT NÉE DE LUCMAU DE CLASSUN.**

1er ARRONDISSEMENT DE PARIS.

Année 1872

Du quinze juillet mil huit cent soixante douze, dix heures du matin, acte de mariage de JOSEPH EUGÈNE LOUIS D'HERTAULT DE BEAUFORT, sans profession, âgé de vingt quatre ans, né à Paris, le vingt deux décembre mil huit cent quarante sept, ainsi que le constate un extrait du registre des actes de baptême de la paroisse de la Madeleine certifié véritable par ses père et mère, avec lesquels il demeure à Paris, Passage de la Madeleine 4, huitième arrondissement, fils majeur de François Louis Charles Amédée d'Hertault de Beaufort, âgé de cinquante sept ans et de Dorothée Hipolyte Elisa Kayser, son épouse, âgée de soixante deux ans, propriétaires, présents et consentant. — Et de ANNE MARIE FRANÇOISE SUZANNE DE LUCMAU DE CLASSUN, sans profession, âgée de vingt cinq ans, née à Ladaux (Gironde) le vingt décembre mil huit cent quarante six, demeurant avec ses père et mère à Paris, rue du Luxembourg 20, premier arrondissement, avant au susdit Ladaux, fille majeure de Pierre Henri de Lucmau de Classun, âgé de cinquante cinq ans, et de Jeanne Thérèse Dupouy, son épouse, âgée de cinquante et un ans, propriétaires, présents et consentant.

Les contractants et leurs pères et mères, sur notre interpellation nous ont déclaré qu'il a été fait un contrat de mariage reçu les onze et douze juillet courant par maître Trépagne, notaire à Paris, qui en a délivré certicat. Les actes préliminaires sont : 1° les publications faites sans opposition en cet arrondissement, au huitième et à Ladaux, les dimanches seize et vingt trois juin dernier, 2° l'acte de baptême de l'épouse, 3° l'acte de naissance de l'épouse, 4° le certificat de contrat, le tout en forme. Desquels actes paraphés et annexés et du chapitre six du titre du code civil, du mariage, lecture a été faite par nous. — Les contractants ont déclaré à haute voix prendre en mariage, l'un ANNE MARIE FRANÇOISE SUZANNE DE LUCMAU DE CLASSUN, l'autre JOSEPH EUGÈNE LOUIS D'HERTAULT DE BEAUFORT. Après quoi, Nous, Marc Léon Gignoux, adjoint au maire du 1er arrondissement de Paris, officier de l'Etat Civil, avons prononcé au nom de la loi que les contractants sont unis par le mariage. — Tout ce que dessus fait publiquement en l'Hotel de la Mairie, en présence de Charles Gaston Prunières, homme de lettres, âgé de vingt trois ans, à Paris, rue de Fleurus 2, Marie Joseph Alexandre, vicomte de la Baume, propriétaire, âgé de vingt quatre ans, à Paris, rue Monsieur 11 ; Louis Alexandre d'Yvon, propriétaire, chevalier de la Légion d'Honneur, âgé de cinquante neuf ans, à Paris, rue de la Chaise 20 et Marie Pierre Benjamin Lucmau de Classun, propriétaire, âgé de trente ans, à Ladaux (Gironde) frère germain de l'épouse, témoins requis Et, après lecture nous avons signé avec les époux, leurs pères et mères et les témoins, Signé : J. E. L. D'HERTAULT DE BEAUFORT, — A. M. F. S. DE LUCMAU DE CLASSUN, — A. D'HERTAULT DE BEAUFORT, — D. KAYSER, — CH. DE CLASSUN, — J. E. DUPOUY, — G. PRUNIÈRES, — Vte A. DE LA BAUME, — A. D'YVON, — B. DE CLASSUN, — L. GIGNOUX.

ACTE DU MARIAGE RELIGIEUX DU **VICOMTE LOUIS D'HERTAULT DE BEAUFORT** AVEC LA **VICOMTESSE DE BEAUFORT** NÉE **DE LUCMAU DE CLASSUN**.

ÉGLISE DE SAINTE-MADELEINE
de Paris

L'an 1872, le 15 Juillet, vu le certificat de l'officier de l'Etat-Civil, du 1er arrondissement en date du même jour.

Je soussigné 1er vicaire de cette paroisse ai reçu en cette Eglise le mutuel consentement que se sont donné par le mariage JOSEPH EUGÈNE LOUIS D'HERTAULT

DE BEAUFORT, propriétaire, demeurant de fait et de droit, passage de la Madeleine 4, de cette paroisse, fils mineur d'Amédée d'Hertault et d'Elisa Kayser, son épouse, — d'une part.

Et ANNE MARIE FRANÇOISE SUZANNE DE LUC-MAU DE CLASSUN sans profession demeurant rue du Luxembourg 20, de cette paroisse et auparavant à Ladaux, diocèse de Bordeaux, fille majeure de Henri chevalier de Lucmau de Classun et de Jeanne Dupouy son épouse.

Et leur ai donné la bénédiction nuptiale en présence des témoins qui ont signé avec nous Marie Joseph Alexandre vicomte de la Baume propriétaire demeurant rue Monsieur 11, — Charles Gaston Prunières homme de lettres demeurant rue de Fleurus 2, — Louis Alexandre d'Yvon propriétaire demeurant rue de la Chaise 20, — et Marie Pierre Benjamin de Classun propriétaire, château d'Aurès (Gironde).

ACTE DE NAISSANCE DU VICOMTE LOUIS D'HERTAULT DE BEAUFORT (QUI ÉPOUSA MADEMOISELLE SUZANNE DE LUCMAU DE CLASSUN).

ANCIEN 1er ARRONDISSEMENT DE PARIS

Année 1847

Du vingt quatre décembre mil huit cent quarante sept, à midi et demi, acte de naissance de : JOSEPH EUGÈNE LOUIS, présenté et reconnu être du sexe masculin, né à Paris, rue Godot de Mauroi 57, le vingt deux du courant, à une heure du matin, fils de François Louis Charles Amédée d'HERTAULT DE BEAUFORT, inspecteur général des établissements de Bienfaisance du Royaume, âgé de trente trois ans, et de Dorothée Hippolyte Elisa Kayser, son épouse, rentière, âgée de trente cinq ans, mariés à Belleville (Seine) demeurant tous deux à Paris, au domicile sus dit. — Déclaration faite devant nous, maire, officier de l'Etat Civil du premier arrondissement de Paris, par le père de l'enfant assisté de Henri Marie Honoré de Serres, propriétaire, âgé de trente cinq ans, demeurant rue Saint Honoré n° 349 ;

Auguste de Martres, homme de lettres, âgé de trente
deux ans, demeurant rue de Verneuil n° 29, lesquels et
le père ont signé avec nous après lecture faite. Signé :
A. D'HERTAULT DE BEAUFORT, — HENRI DE SER-
RES, — A. DE MARTRES. — Pour extrait conforme.—
Paris, 12 octobre 1868. — Le Conseiller d'Etat, Secrétaire Général, Pour le Secrétaire Général. Le Conseiller
de Préfecture, signé : DOMERGUE. Admis par la Commission (Loi du 12 février 1872). Le Membre de la Commission, signé : DE MARCHÉVILLE. Pour copie conforme. Paris, dix juillet mil huit cent soixante quinze.
Le Secrétaire Général de la Préfecture. Pour le Secrétaire Général, le Conseiller de Préfecture délégué, signé
R. LANÇON.

ACTE DE BAPTÊME DU VICOMTE LOUIS D'HERTAULT DE
BEAUFORT (QUI ÉPOUSA MADEMOISELLE SUSANNE DE
LUCMAU DE CLASSUN).

ÉGLISE DE LA MADELEINE

(Paris)

L'an 1847, le 27 décembre a été baptisé JOSEPH
EUGÈNE LOUIS né le 22 décembre courant fils de
François Louis Charles Amédée D'HERTAULT DE
BEAUFORT inspecteur général des établissements de
bienfaisance du Royaume et de Dorothée Hippolyte Elisa
Kayser, son épouse, demeurant rue Godot de Mauroi 37
en cette paroisse. Le parrain a été : Maurice Amédée
Hippolyte d'Hertault de Beaufort, frère de l'enfant, même
demeure. — La marraine a été : Charlotte Louise Gas-
taing de la Lande même demeure.

ACTE DE NAISSANCE DE MADEMOISELLE SUZANNE DE LUC-
MAU DE CLASSUN (QUI ÉPOUSA LE VICOMTE LOUIS
D'HERTAULT DE BEAUFORT).

COMMUNE DE LADAUX (GIRONDE)
Année 1846

Du vingt décembre mil huit cent quarante six, à deux

heures du soir, acte de naissance de Mademoiselle ANNE MARIE FRANÇOISE SUZANNE DE LUCMAU DE CLASSUN, née aujourd'hui vingt décembre mil huit cent quarante six, à midi, au lieu d'Haurets, commune de Ladaux, fille légitime de M. Pierre Henri de Lucmau de Classun, propriétaire âgé de trente ans, et de Jeanne Thérèse Dupouy, sans profession, âgée de vingt six ans, mariés et demeurant ensemble au lieu d'Haurets, commune de Ladaux. Le sexe de l'enfant a été reconnu féminin, 1er témoin : Pierre Casse, âgé de 34 ans, — second témoin : Vital Jaubert, âgé de soixante six ans, demeurant tous deux au dit Ladaux. — Sur la réquisition à nous faite par le sieur Pierre Henri de Lucmau de Classun, père de l'enfant ; Et ont signé après lecture faite non le dit Vital Jaubert, qui nous a déclaré ne savoir, constaté selon la loi par moi Pierre Thomas Jean, maire de la commune de Ladaux, faisant les fonctions d'officier de l'Etat-Civil. Signés au registre : HENRI DE CLASSUN, — CASSE, — PIERRE THOMAS JEAN, maire.

ACTE DE BAPTÈME DE MADEMOISELLE SUZANNE DE LUCMAU DE CLASSUN (QUI ÉPOUSA LE VICOMTE LOUIS D'HERTAULT DE BEAUFORT.

—

Le neuf janvier mil huit cent quarante sept, je soussigné desservant de l'Eglise SAINT MARTIN, de Ladaux, ai baptisé une fille, née le vingt décembre mil huit cent quarante six de Pierre Henri de Lucmau de Classun et de Jeanne Dupouy, son épouse, auquel enfant a été donné le nom de MARIE. Le parrain a été Jacques Dupouy et la marraine Anne Marie Dupouy. — En foi de quoi j'ai signé le présent acte : HENRI TROUPENAT, curé, — DUPOUY, — MARIE DUPOUY, — HENRI DE CLASSUN.

ACTE DU MARIAGE CIVIL DU COMTE AMÉDÉE D'HERTAULT DE BEAUFORT AVEC MADEMOISELLE ELISA KAYSER.

—

ANCIENNE COMMUNE DE BELLEVILLE (SEINE)

Année 1845

—

L'an mil huit cent quarante cinq, le dix neuf avril, à la mairie de Belleville (Seine). Acte de mariage de FRAN-

ÇOIS LOUIS CHARLES AMÉDÉE D'HERTAULT DE BEAUFORT, propriétaire, demeurant rue des Solitaires n° 3, fils de Pierre Jean Charles Gustave d'Hertault de Beaufort et de Hélène Thérèse de Trémouille, son épouse. Et de DOROTHÉE ÉLISA HIPPOLYTE KAYSER, sans profession, fille de Jacques Philippe Kayser et de Charlotte Louise Humard, son épouse, tous deux décédés. Le membre de la commission, signé : BOULLOCHE. Pour copie conforme, Paris le trente août mil huit cent quatre vingt douze. — Le secrétaire général de la préfecture. — Pour le secrétaire général : L'archiviste de la préfecture délégué, signé : THORLET.

Acte du mariage religieux du COMTE AMÉDÉE D'HERTAULT DE BEAUFORT avec Mademoiselle ELISA KAYSER.

—

PAROISSE SAINT-JEAN-BAPTISTE
de Belleville-Paris

—

Le dix neuf avril 1845, après la publication d'un ban faite en cette Eglise,

Vu la dispense de deux bans.

Vu le certificat de l'officier de l'Etat Civil de cette commune en date de ce jour.

Je, vicaire soussigné, ai reçu en cette Eglise le mutuel consentement que se sont donnés pour le mariage FRANÇOIS LOUIS CHARLES AMÉDÉE D'HERTAULT DE BEAUFORT, propriétaire, demeurant rue des Solitaires 3, fils majeur de Pierre Jean Charles Gustave d'Hertault de Beaufort et de Hélène Thérèse de Trémouille, son épouse, d'une part.

Et DOROTHÉE ELISA HIPPOLYTE KAYSER, sans profession, fille majeure de feu Jacques Philippe Kayser et de feue Charlotte Louise Humard son épouse, d'autre part ;

Et leur ai donné la bénédiction nuptiale en présence des témoins :

1° Mr de Bize Duval, banquier, demeurant place de la Madeleine 6. —

2° Mr Herals de Fagés, propriétaire, demeurant rue du Helder 14 bis. —

Armes de gueules au pellican accompagné
d'une croix d'argent en pointe, au chef
cousu d'azur chargé de trois larmes.

D'HERTAULT DE BEAUFORT

BIBLIOTECA DE BOLSILLO

3° Mr Daguerre, avocat, demeurant rue de Navarin 31 bis.

4° Henri de Serres, propriétaire.

En foi de quoi j'ai signé le présent acte avec les témoins et les époux.

Fait en l'Eglise de Belleville les jour et an que dessus.

Desplas de Boyssorn, vicaire.

ACTE DE NAISSANCE DU COMTE AMÉDÉE D'HERTAULT DE BEAUFORT (1) (QUI ÉPOUSA MADEMOISELLE ELISA KAYSER).

VILLE DE BÉZIERS

L'an mil huit cent quatorze le vingtième jour du mois d'avril à six heures après-midi, en l'Hôtel de Ville de Béziers, département de l'Hérault, par devant nous, Louis Antoine Coste, adjoint au maire de la dite ville, officier de l'Etat Civil, a comparu : Pierre Jean Charles Gustave D'HERTAULT DE BEAUFORT, propriétaire foncier, âgé de vingt cinq ans, domicilié à Béziers lequel nous a présenté un enfant du sexe masculin, qu'il a dit être né le jour d'hier une heure du matin dans sa demeure rue Sainte Marie 31, de lui déclarant et de Hélène Thérèse de Trémouille, âgée de dix-neuf ans, mariés, domiciliés à Béziers auquel enfant il a donné les prénoms de FRANÇOIS LOUIS CHARLES AMÉDÉE.

Les dites présentation et déclaration faites en présence de Bernard François Marie Sahuc, maire de la commune de Vendres, propriétaire foncier, âgé de quarante quatre ans, oncle du nouveau né, et Jean Jacques François Soulier, propriétaire foncier, âgé de vingt deux ans, domiciliés à Béziers, témoins qui ont signé avec le comparant et nous officier de l'Etat Civil après lecture faite.

---

(1). Auteur de l'ouvrage suivant :

Beaufort (Comte A. Hertault de) :

« Histoire des papes, depuis Saint Pierre jusqu'à nos jours, précédé d'une introduction par M. Laurentie. — Paris, Gaume, 4 vol. in-8°, 1838-1841.

(Cité dans *Bibliographie Italico Française Universelle* par Joseph Blanc. — Paris H. Welter, libraire, 59 rue Bonaparte, 1886).

Certificat de baptême du COMTE AMÉDÉE D'HERTAULT DE BEAUFORT (qui épousa Mademoiselle ELISA KAYSER).

—

PAROISSE DE ST-NAZAIRE
de Béziers

—

Je soussigné vicaire de la paroisse de St-Nazaire, à Béziers, certifie qu'il résulte des registres de la dite paroisse que FRANÇOIS LOUIS CHARLES AMÉDÉE D'HERTAULT DE BEAUFORT, né le 19 avril 1814, fils de Marie Pierre Jean Charles Gustave d'Hertault de Beaufort et de dame Hélène Thérèse de Trémouille a été baptisé en cette Eglise le 21 avril de la même année et qu'il a eu pour parrain Bernard François Marie Sahuc, oncle maternel et pour marraine Suzanne de Nogel, veuve de Pierre Antoine Henri de Trémouïlle, grand mère maternelle représentée par Mademoiselle Marie Louise de Trémouille sa tante paternelle.

Le baptême a été administré par Monsieur François Martin Cabanel, curé de la Madeleine, avec l'agrément de M. Daumas curé de St-Nazaire.

Signé : CABANEL, curé de Ste-Madeleine.

———

Acte de mariage de Monsieur PIERRE HENRI DE LUCMAU DE CLASSUN avec Mademoiselle JEANNE THÉRÈSE DUPOUY.

—

MAIRIE DE CADILLAC
Année 1842

—

Du vingt trois mai mil huit cent quarante deux à une heure de relevé.

Acte de mariage de Monsieur PIERRE LUCMAU DÉ CLASSUN, surnommé en famille HENRI, âgé de vingt cinq ans six mois et vingt neuf jours, né le vingt quatre octobre mil huit cent seize dans la commune de Bordeaux, chef lieu d'arrondissement du département de la Gironde, propriétaire fils de M. Jean Jérôme Lucmau de Classun, propriétaire, âgé de cinquante neuf ans, et de

dame feue Françoise Froidefond décédée, le douze avril,
mil huit cent vingt huit, à l'âge de quarante cinq ans,
dans la susdite commune de Bordeaux, rue de Sienne
n° 3, le dit Monsieur PIERRE LUCMAU DE CLASSUN,
surnommé en famille HENRI, procédant comme majeur,
et du consentement de Monsieur son père, avec lequel il
demeure dans la commune de Ladaux, canton de Tar-
gon, arrondissement de la Réole, susdit département,
présent au dit mariage, d'une part.

Et demoiselle JEANNE DUPOUY, surnommée en famille THÉRASIE, sans profession, âgée de vingt deux
ans, quatre mois et seize jours, née le sept janvier mil
huit cent vingt, dans la présente commune de Cadillac,
au lieu appelé Peytoupin, fille légitime de Monsieur
Jacques Arnaud Dupouy, propriétaire, âgé de soixante-
un ans, et de dame feue Jeanne Adèle Lucmau de Classun, décédée dans la susdite commune de Cadillac le
vingt-trois juillet mil huit cent trente-huit à l'âge de cinquante ans dix mois et sept jours, la dite demoiselle
JEANNE DUPOUY, surnommée en famille THÉRASIE,
procédant comme majeure et du consentement de son
père avec lequel elle demeure dans la dite commune de
Cadillac, dit lieu de Peytoupin, présent au dit mariage,
d'autre part.

Les actes préliminaires sont extraits du registre des
publications de mariage faites dans la présente commune de Cadillac les dimanches huit et quinze mai courant, à neuf heures du matin et dans celle de Ladaux
aussi les huit et quinze du mois de mai précité et affichées
aux termes des lois, aucune opposition au dit mariage ne
nous ayant été signifiée, ni à Monsieur le Maire de la
dite commune de Ladaux ainsi qu'il conste de son certificat en date du vingt un du présent mois. Vu les actes
de naissance des époux, le tout en forme, de tous lesquels actes et du chapitre six du code civil, titre du mariage, sur les droits et les devoirs respectifs des époux,
il a été donné lecture par moi, officier public, aux termes de la loi, les dits époux présents ont déclaré prendre en mariage, l'un demoiselle JEANNE DUPOUY, surnommée en famille THÉRASIE, et l'autre sieur PIERRE
LUCMAU DE CLASSUN surnommé en famille HENRI,
en présence des sieurs Jean Mandiette, âgé de cinquante
trois ans, Pierre Bailly, âgé de cinquante trois ans,

Arnaud Saint Germes, âgé de quarante ans et Etienne Auguste Linourichel, âgé de quarante quatre ans, tous les quatre demeurant dans la susdite commune de Cadillac, lesquels nous ont déclaré n'avoir aucun degré de parenté avec les époux, après quoi, moi Jean Blondeau, maire de la ville de Cadillac, faisant les fonctions d'officier public de l'Etat Civil, ai prononcé qu'au nom de la loi, les dits époux sont unis en mariage, et ont les époux. les pères des époux et les témoins signé avec nous le présent acte après qu'il leur en a été fait lecture.

Fait à Cadillac le jour, mois et an que dessus.

Ont signé : DE CLASSUN PIERRE, — DUPOUY JEANNE, — DE CLASSUN JEAN JÉRÔME, — ARNAUD JACQUES DUPOUY, — MANDIETTE, — BAILLY, — SAINT-GERMES, — LENOURICHEL, — et BLONDEAU, maire.

Acte du mariage religieux de Monsieur PIERRE HENRI DE LUCMAU DE CLASSUN (1) avec Mademoiselle JEANNE THÉRÈSE DUPOUY.

—

ÉGLISE DE ST-PIERRE
de Loupiac

—

Le vingt quatre mai mil huit cent quarante deux vu le certificat des formalités civiles remplies le vingt trois mai en la mairie de Cadillac, la publication d'un ban ayant été dûment faite à la Messe paroissiale de cette Eglise, la dispense de deux bans ayant été accordée par Monseigneur l'Archevêque de Bordeaux, avec les dispenses de Rome relatives à la parenté et aucun empêchement n'ayant été découvert, je soussigné, curé de l'Eglise de Saint-Piérre de Loupiac, ai donné la bénédiction nuptiale, avec les cérémonies prescrites par l'Eglise.

A PIERRE HENRI DE LUCMAU DE CLASSUN fils de Jean Jérôme Lucmau de Classun et de Françoise Froidefond, demeurant à Ladaux.

Et JEANNE THÉRÈSE DUPOUY fille de Jacques Ar-

---

(1) Sur la généalogie des LUCMAU DE CLASSUN voir l'ouvrage suivant : *Légé* (abbé).

" Les Castelnau-Tursan. " — Aire-sur-l'Adour, typographie L. Dehez, MDCCCLXXXVII.

Armes d'argent, au lion de sable, armé
lampassé, au chef d'azur, chargé de trois
fleurs de lys d'argent.

ARMES DE LA MAISON DE MARCHI
DES BARONS DELLA COSTA, PATRICIENS
D'ASTANO

(District de Lugano, canton du Tessin, Suisse-Italienne)

naud Dupouy et de Jeanne Adélaïde Lucmau de Classun, demeurant à Loupiac.

Et ce, en présence de Jean Massieu, Souliagon, Pierre de Classun etc. soussignés.

JEAN BONNET,
curé de Loupiac.

ACTE DE MARIAGE CIVIL DU COMTE MARIE PIERRE JEAN CHARLES GUSTAVE D'HERTAULT DE BEAUFORT AVEC MADEMOISELLE HÉLÈNE THÉRÈSE DE TRÉMOUILLE.

MAIRIE DE BÉZIERS

L'an mil huit cent treize et le neuvième jour du mois de juin, après minuit, dans Béziers, troisième arrondissement du département de l'Hérault. — Acte de mariage de Monsieur GUSTAVE MARIE PIERRE JEAN CHARLES D'HERTAULT DE BEAUFORT, né sur la commune de Blauzac, second arrondissement du département du Gard, le dix mars mil sept cent quatre vingt neuf, domicilié sur la commune de Meurviel arrondissement communal de Béziers, fils légitime et majeur de défunts Monsieur Jean Joseph d'Hertault de Beaufort et de dame Marie Claire Simon de Calvi, domiciliés de leur vivant au dit Meurviel d'une part. Et de demoiselle HÉLÈNE THÉRÈSE DE TRÉMOUILLE, née à Béziers, le dix frimaire an trois, y domiciliée, fille légitime et mineure de défunt Pierre Antoine Henri de Trémouille et de vivante dame Suzanne de Nogel, domiciliée à Lyon, d'autre part. — Les actes préliminaires, sont les extraits des actes civils de publication de mariage, faites savoir, au dit Meurviel, les trente mai mois dernier et six juin mois courant, et à Béziers, les mêmes jours, mois et an que dessus, jours de dimanche, et affichées aux termes de la loi, sans qu'il soit survenu d'opposition, ainsi que les extraits des actes de naissance des époux sous les dates des dix mars mil sept cent quatre vingt neuf et douze frimaire an trois, le tout en forme, de tous lesquels actes, il a été donné lecture, par nous officier public aux termes de la loi.

Les dits époux présents ont déclaré prendre en mariage Monsieur D'HERTAULT DE BEAUFORT, demoiselle DE TRÉMOUILLE, et celle-ci Monsieur D'HERTAULT DE BEAUFORT. — En présence de Messieurs Joseph Cezal Emilien de Jessé, propriétaire foncier âgé de trente sept ans, François Martin Cabanel curé de la paroisse Sainte-Magdeleine, de cette ville, âgé de soixante cinq ans, Joseph François Marie Anne de Lamarre, prêtre chanoine honoraire de Montpellier, âgé de quarante huit ans, et Bernard François Marie Sahuc propriétaire foncier, âgé de quarante quatre ans, beau-frère de l'époux, domiciliés au dit Béziers. — Et encore du consentement donné par dame Suzanne de Nogel mère de l'épouse, exprimé dans un acte de procuration passé et délivré en brevet par Dugagel et son collègue, notaires à Lyon et légalisée, a été déposée au présent acte de mariage et déposé dans les liasses de l'Etat-Civil. — Après quoi, Nous, Louis Antoine Coste adjoint au maire de la ville de Béziers et officier public de l'Etat-Civil avons prononcé qu'au nom de la loi, les dits époux sont unis en mariage, et avons fait lecture du présent acte aux parties et témoins. — Et ont les époux et témoins signé avec nous. Suivent les signatures.

Acte du mariage religieux du COMTE MARIE PIERRE JEAN CHARLES GUSTAVE D'HERTAULT DE BEAUFORT avec Mademoiselle HeLÉNE THÉRÈSE DE TRÉMOUILLE.

—

PAROISSE DE ST-NAZAIRE
de Béziers

—

L'an que dessus (1813) et 28 Juin, après une publication de bans de mariage, avec dispense des deux autres, faite le dimanche 20 du courant, à la messe paroissiale de la présente église, pareille publication faite à la paroisse de Sainte-Magdeleine dans cette ville, à l'Eglise paroissiale de Meurviel au présent diocèse, et à l'Eglise succursale de Saint François de Sales à Lyon, comme il conste par les certificats des curés respectifs de ces différentes paroisses sans qu'il soit parvenu à notre connaissance aucun empêchement canonique :

Nous prêtre chanoine honoraire du chapitre de Montpellier, vu le certificat de l'officier civil, par lequel il conste que toutes les formalités exigées par la loi ont été observées, du consentement de M. le Curé, nous avons départi la bénédiction nuptiale, pendant la messe que nous avons célébrée à cet effet, à Monsieur MARIE PIERRE JEAN CHARLES GUSTAVE D'HERTAULT DE BEAUFORT fils de feu Monsieur Jean Joseph d'Hertault de Beaufort ancien capitaine d'infanterie et de dame Marie Claire Simon de Calvi d'une part, et à Mademoiselle HÉLÈNE THÉRÈSE DE TRÉMOUILLE fille mineure de Monsieur Pierre Antoine Henri de Trémouille ancien cien magistrat en cour souveraine et de dame Suzanne de Nogel de Bérins d'autre part, en présence de Monsieur Jean Joseph François de Lescure ancien mousquetaire pensionné du Roi, oncle maternel par alliance de l'épouse, et de Monsieur Bernard François Marie Sahuc, propriétaire foncier beau-frère de l'époux, lesquels ont signé avec nous ainsi que les époux et autres parents et amis présents.

Signé : G. DE BEAUFORT, — THÉRÈSE DE TRÉMOUILLE, — MARIE-LOUISE DE TRÉMOUILLE, — BEAUFORT-SAHUC, — DE JESSÉ NÉE DE LESCURE, — M. DE BEAUFORT, — DE LESCURE, — SAHUC, — EM. JESSÉ, — HÉRAIL, — SAHUC, — GUIBERT.

DELAMARRE prêtre chanoine honoraire.

ACTE DE BAPTÊME DU COMTE MARIE PIERRE JEAN CHARLES GUSTAVE D'HERTAULT (QUI ÉPOUSA MADEMOISELLE HÉLÈNE THÉRÈSE DE TRÉMOUILLE.

COMMUNE DE BLAUZAC
Canton d'Uzés (Gard)

L'an 1789 et le 10 mars, les cérémonies du baptême ont été supplées à moi GUSTAVE PIERRE JEAN CHARLES DE BEAUFORT (1), maire, fils légitime de Jean Joseph de Beaufort, chevalier de Saint Louis, seigneur

---

(1). Gustave Pierre Jean Charles de Beaufort eût encore les 4 sœurs suivantes ;

I. Marie Jeanne Elisabeth d'Hertault de Beaufort née le 5 avril à Blauzac et baptisée le 18 avril 1775. — Parrain ; noble Léonard d'Hertault de Beaufort

de Mus et Réal, diocése de Béziers, et de dame Marie Claire Simon de Calvi, mariés du lieu de Blauzac, son parrain a été messire Pierre Jean Charles chevalier d'Izain, ancien capitaine du régiment d'Hainaut, en Lorraine, chevalier de Saint-Louis, habitant de Bar-le-Duc, diocèse de Toul en Lorraine et Barrois lui a prêté la main messire Jean Michel d'Izain son frère, seigneur de Blauzac, ancien capitaine du régiment d'Hainault, chevalier de St-Louis, sa marraine demoiselle Marie Jeanne Elisabeth d'Hertault de Beaufort (1), sa sœur, présents les soussignés, MAFFRE, prieur curé.

ACTE DE NAISSANCE DE MADEMOISELLE HÉLÈNE THÉRESE DE TRÉMOUILLE (QUI ÉPOUSA LE COMTE MARIE PIERRE JEAN CHARLES GUSTAVE D'HERTAULT DE BEAUFORT).

MAIRIE DE BÉZIERS

Au nom de la Nation,

Ce jourd'huy douzième frimaire, l'an trois Républicain, quatre heures du soir dans la maison commune de Béziers, département de l'Hérault, devant moy Etienne Labor, officier public de cette commune, élu par délibération du conseil général du treize brumaire de l'année dernière à l'effet de recevoir les actes civils des naissances et conformément à la loi du vingt septembre mil

---

son oncle paternel de Cond... Diocèse de Dax, en Gascogne ; marraine Jeanne Elisabeth d'Arbaud sa grand mère.

II. Marie Françoise Victoire d'Hertault de Beaufort née le 24 et baptisée le 27 juillet 1776 à Blauzac. — Parrain : Jacques Simon doyen des avocats de Semur en Auxois son bisaïeul. Marraine : Marie d'Hertault de Beaufort, de Toulouzette de St-Sever en Gascogne.

III. Marie François Michel d'Hertault de Beaufort né le 22 et baptisé le 24 août 1777 à Blauzac.

IV. Marie Françoise d'Hertault de Beaufort née le 26 novembre 1780, baptisée à Blauzac le 3 décembre 1780. — Parrain : messire Jean Michel d'Avejan, chevalier de St-Louis, seigneur de Blauzac; marraine Marie Françoise d'Arbaud marquise d'Avejan. — (Marie Françoise d'Arbaud de Blauzac épousa le 27 octobre 1765 Pierre de Bonne comte d'Avejan seigneur de Montgros et de Liquemaille, capitaine de cavalerie en 1739 et mousquetaire du Roi). Voir l'Armorial du Languedoc de L. de la Roque tome 1er page 48.

V. Marie Claire d'Hertault de Beaufort baptisée à Blauzac le 19 avril 1783. — Parrain Jean Michel d'Isarn baron de Blausac, chevalier de St-Louis. — Marraine demoiselle Nicole Simon sa grand'tante du côté maternel, habitant Semur en Auxois.

(1). Née à Béziers le 18 avril 1775.

sept cent quatre vingt douze (vieux style), s'est présenté Pierre Antoine Henri TRÉMOUILLE, assisté de Louis Nostolat âgé de quarante ans et de Simon Chaulan, âgé de trente huit ans, citoyens de cette commune témoins amenés par le dit TRÉMOUILLE lequel a déclaré que Suzanne Nogel, son épouse en légitime mariage, s'est accouchée le dix du courant à cinq heures et demy du soir dans sa maison d'habitation située rue Sainte-Marie, d'une fille qu'il m'a représentée et à laquelle il a donné les prénoms d'HÉLÈNE THÉRÈSE, d'après cette déclaration qui m'a été certifiée véritable par les dits Nostolat et Chaulan témoins et la représentation qui m'a été faite de la dite enfant femelle j'ai dressé le présent acte que j'ai signé avec le dit Trémouille père de la nouvelle née, les dits Nostalat et Chaulan témoins. Suivent les signatures.

ACTE DU MARIAGE RELIGIEUX DU COMTE JEAN JOSEPH D'HERTAULT DE BEAUFORT AVEC MADEMOISELLE MARIE CLAIRE SIMON DE CALVI.

—

COMMUNE DE BLAUZAC
Canton d'Uzés (Gard)

L'an 1774 et le 2 du mois de juillet après avoir publié à notre messe de paroisse pendant deux fois faites au dimanche les bans de mariage entre messire JEAN JOSEPH D'ARTAUD (sic) COMTE DE BEAUFORT, ancien capitaine du régiment d'Auvergne, chevalier de l'ordre militaire de St-Louis, seigneur de Mus et autres lieux au diocèze de Béziers, ayant obtenu de Monseigneur l'évèque d'Uzés, dispense du troisième ban ; et demoiselle MARIE CLAIRE SIMON DE CALVI, demoiselle de Blauzac, Malaïgues et autres lieux, ayant encore obtenu dispense de deux bans de Monseigneur l'évèque de Béziers, celle de Monseigneur l'évèque d'Uzés, en date du vingt six juin, celle de Monseigneur l'évêque de Béziers en date du vingt quatre du même mois. — Ces deux dispenses insinuées et enregistrées au greffe des insinuations ecclésiastiques en leurs mêmes jours accordées, n'ayant découvert dans nos publications aucun empêchement canonique ni civil, non plus que le sieur

Arnaud, prieur curé de Murviel au diocèze de Béziers pour le dit messire JEAN JOSEPH D'ARTAUD COMTE DE BEAUFORT, selon son attestation en date du vingt cinq juin, avons dressé le mariage des susdites parties en présence du sieur Jean Bernard, du sieur Jacques Bellet 1er Consul, de Jean Baptiste Bellet, de Jean Quiot signés avec nous et les parties, de Jean Michel Bourcier.

DE BEAUFORT, — CALVI DE BLAUZAC, — BERNARD, — BELLET, — BELLET fils, — QUIOT, — BOURCIER, — et ARNAUD prieur curé.

ACTE DE BAPTÊME DU COMTE JEAN JOSEPH D'HERTAULT DE BEAUFORT (QUI ÉPOUSA MADEMOISELLE MARIE CLAIRE SIMON DE CALVI).

COMMUNE DE SAINT-SEVER (¹) (LANDES)

JEAN JOSEPH fils de noble Jean Joseph DE BEAUFORT et de dame Marie Bérénice de Lacamoire mariés. Est né et a été baptisé le treize mai 1736. Parrain : le sieur Jean de Larrède ancien lieutenant de maire. Marraine : dame Marthe d'Estignos de Marsan. En foi de quoi. Ont signé au registre : DUFRAISSE curé, — Larrède parrain, — DESTIGNOS MARÇAN, — LACAMOIRE, — DE VALIER. — PORTET, lieutenant général de police.

ACTE DE BAPTÊME DE MADEMOISELLE MARIE CLAIRE SIMON DE CALVI (QUI ÉPOUSA LE COMTE JEAN JOSEPH D'HERTAULT DE BEAUFORT),

COMMUNE DE BLAUZAC (GARD)

L'an 1745 et le 8e jour du mois de novembre, a été baptisée MARIE CLAIRE, fille naturelle et légitime à sieur Jacques SIMON DE CALVI, capitaine dans le régiment de Montluveux infanterie Lorraine, et à demoiselle Jeanne Elisabeth Darbaud, né le six du présent mois, à

---

(1). Le 24 février 1759 est né à St-Sever noble Jean Joseph Antoine Bernard Mathias, fils légitime de messire Léonard d'Hertault comte de Beaufort, prévost général de la généralité d'Auch et Béarn, et de dame Jeanne de Vonoostrom. Le dit Mathias décédé à St-Sever en 1853.

trois heures de l'après midi ; son parrain a été Jacques Chambon, tenant la main pour M. Jacques Simon de Genay, sa marraine Marie Chambon tenant la main pour dame Marie Françoise de Pouyard Darbaud de Blauzac, présents les soussignés avec nous.

DE CALVI, — CHAMBON, — CASTILLON, — VINCENT, prieur-curé.

ACTE DE BAPTÈME DE JEANNE ÉLISABETH D'ARBAUD (QUI ÉPOUSA EN 1res NOCES JACQUES SIMON DE CALVI ET EN SECONDES NOCES [A BLAUZAC LE 31 MAI 1755] LE CAPITAINE JEAN MICHEL YSARN).

COMMUNE DE BLAUZAC
Canton d'Uzès (Gard)

L'an 1722 et le huitième jour du mois de mars a été baptisée, selon la forme prescrite, demoiselle JEANNE ELISABETH D'ARBAUD, fille naturelle et légitime de noble Charles René d'Arbaud, seigneur de Blauzac en la haute et conseigneur en la basse justice et de dame Marie Françoise de Pouyard mariés, née le vingt huitième du mois de février. Son parrain a été maistre Robert Pouyard, docteur et ancien bailli juge, de Saint-Paul-Trois-Châteaux, son aïeul maternel et la marraine dame Jeanne de Maurin de Pouyard, son aïeule maternelle, soussignés, avec noble Charles René d'Arbaud son père, et Charles de Bane, René de Montgros et autres, avec nous.

DE POUYARD, — D'ARBAUD, — ROBERT DE POUYARD, — JEANNE DE POUYARD, — D'ARBAUD, — DE BANNE, — DE MONTGROS.

ACTE DE BAPTÈME DE JEANNE THÉRASIE DUPOUY (QUI ÉPOUSA PIERRE HENRI DE LUCMAU DE CLASSUN).

ÉGLISE DE LOUPIAC (GIRONDE)

Le 2 février 1820 (¹) a été baptisée JEANNE fille

---

(1). En 1816 a été baptisée à Loupiac, Marie Dupouy, ayant pour parrain Arnaud Dupouy avocat et pour marraine Marie Lukens.

Le 19 octobre 1818 est morte à Loupiac Anne Marie Dupouy âgée de 4 jours fille de Jacques Arnaud Dupouy et de Adélaïde de Lucmau de Classun.

légitime de Monsieur Jacques Arnaud DUPOUY et de Madame Jeanne Adélaïde de Classun née le 27 janvier précédent. — Le parrain a été Monsieur Jean de Classun et la marraine Jeanne Dupouy qui ont signé avec moi.

BOUSIGUES,

curé de Loupiac.

JEAN DE CLASSUN.
JEANNE DUPOUY.

Acte de décès de Madame JEANNE ADÈLE DE LUCMAU DE CLASSUN (mère de Madame JEANNE THÉRASIE DUPOUY).

COMMUNE DU CADILLAC (GIRONDE)

Du vingt quatre juillet mil huit cent trente huit à dix heures du matin. —

Acte de décès, de dame Jeanne Adèle Lucmau de Classun décédée le jour d'hier à l'heure de minuit, dans la présente ville de Cadillac chef lieu de canton au département de la Gironde : chez Monsieur Robert Joseph, propriétaire, demeurant rue du Port de l'Heuille, âgée de cinquante ans, dix mois et sept jours, née le seize septembre, mil sept cent quatre vingt sept, dans la ville de Bordeaux susdit département, fille légitime de feu Monsieur Lucmau Pierre de Classun, chevalier de Saint-Louis et de dame feue Lukens Marie, épouse de Monsieur Dupouy Jacques Arnaud, propriétaire, domicilié de la présente commune de Cadillac, au lieu de Peytoupin ; sur la déclaration à moi faite par les sieurs Robert Joseph, propriétaire, âgé de quarante neuf ans et Depiot Simon, tonnelier, âgé de trente six ans, tous les deux demeurant dans ladite ville de Cadillac, lesquels nous ont déclaré n'avoir aucun degré de parenté avec la défunte, et ont signé avec nous, le présent acte de décès, après qu'il leur en a été fait lecture.

Fait à Cadillac, les jour, mois et an que dessus. Ont signé : Robert, — Depiot, — et Blondeau, maire de Cadillac.

ACTE DE BAPTÊME DE JEANNE ADELAIDE DE LUGMAU
DE CLASSUN QUI ÉPOUSA JACQUES ARNAUD DUPOUY (ET
FUT MÈRE DE JEANNE THÉRASIE DUPOUY).

ARCHIVES MUNICIPALES DE BORDEAUX

SÉRIE GG. — PAROISSE SAINT-SEURIN

Registre 758, acte 992

Le dix-neuf septembre mil sept cent quatre vingt
quatre, a été baptisée JEANNE ADELAIDE, née hier,
fille légitime de Messire LUGMAU (*sic*) DE CLASSUN,
chevalier, capitaine au Régiment de Médoc, et de dame
Marie Luctkens de Classun, demeurant à La Font
Daudége, tenue par Antoine Dalest, au nom et à la place
de Messire Jean Louis Lugmeau de Classun, chevalier,
capitaine au Régiment de Médoc, et par Marie Julie
Boucheret, au nom et à la place de dame Jeanne Adelaïde
Luctkens de Laporte Pauliac, la dite Marie Julie Boucheret signera, le dit Antoine Dalest a déclaré ne savoir, le
père absent.

(Signé): Marie Julie Boucheret,

Cazeneuve, vicaire.

L'Intermédiaire des Chercheurs et Curieux

Fondé en 1864, est un instrument de travail nécessaire à tous les érudits, en quête de renseignements originaux. Il transforme en circulaire la question qui lui est soumise, va frapper à la porte de ses correspondants, et apporte la solution. — La table générale des matières (1864 à 1896) contient plus de 100,000 questions et réponses, trouvailles, lettres et documents inédits. 8 fr. 50 franco. — Tous les abonnés de l'*Intermédiaire* sont des collaborateurs. — Il paraît les 10, 20 et 30 de chaque mois, en livraisons du 56 col., en caractères elzéviriens. — France, un an 16 fr., six mois 9 fr. Étranger, un an 18 fr., six mois 10 fr. Administration et Direction, Paris, 31 bis, rue Victor-Massé.

L'*Argus des Concours*, un an, 3 fr., 265, rue Solférino, Lille.

La *Revue de Saintonge et d'Aunis*, Bulletin de la Société des Archives historiques : un an, 10 fr. ; le nº 2 fr. 50 ; à Saintes, cours National, 99 excellente publication dirigée par l'éminent M. Louis Audiat.

Les *Annales des Alpes*, M. l'abbé Guillaume, archiviste des Hautes-Alpes, directeur à Gap. Un an 6 fr.

Le *Chercheur des Provinces de l'Ouest*, directeur Bᵒⁿ Gaëtan de Wismes, Nantes, 33, rue du Coudray, mensuel, un an, France, 5 fr. ; Étranger, 6 fr.

Sous la signature de notre Directeur, le 18 mai 1901, au quotidien la *République*, 1ᵉʳ article. *La question des retraites mutuelles.*

À l'hebdomadaire, le *Journal de Forcalquier*, en mai (19 ou 26 mai) 1ᵉʳ art.

Dans l'*Intermédiaire des Chercheurs et Curieux*, tôme XLIV, 2ᵉ de 1901, colonnes 580 et suivantes. Nº du 10 octobre 1901, réponse, à la question : de Caze, et nº du 10 novembre 1901, même tome, colonne 684 à 686, réponse à la question Armorial de famille du Périgord à retrouver.

Dans le *Chercheur des Provinces de l'Ouest*, de septembre 1901, page 319, réponse, à la question nº 280. *Un gentilhomme changeant son blason de sa propre autorité.*

Dans la *Revue des questions héraldiques*, de décembre 1900, page 369, deux questions de quelques lignes. — *Michel Decazes, père du duc.* — *Jay Dufresnoy.*

M. T. de L.

UN AMI DE NAPOLÉON III

par le Comte Joseph GRABINSKI

Le Comte Arèse et la politique Italienne sous le 2ᵉ empire

J. Plange, libraire-éditeur, 14, rue Chauveau-Lagarde. — Voici un livre d'histoire contemporaine profondément captivant, qu'on veut lire sans en sauter une seule ligne, la lutte politique s'y enchaîne avec l'intérêt puissant d'un roman. D'après de nouveaux documents l'auteur jette un jour tout nouveau et partout grandement remarqué sur les événements si mal connus jusqu'ici de la présidence du prince Louis Napoléon et des débuts du second empire.

La Mutuelle de France et des Colonies

Assurances sur la Vie, Société de Prévoyance

Fonctionnant sous la Surveillance directe et effective de l'État

Constitue en douze ans un capital espèces permettant si on le désire, la création d'une pension de retraite annuelle. Versement depuis *cinq francs par mois pendant dix ans* seulement, garantie de remboursement en cas de décès. Souscriptions en caisse *quatre-vingt-dix millions.* La plus avantageuse de toutes les sociétés existantes. Écrire à M. le baron Maxime Trigant de Latour, 3, rue Général Henrion-Bertier, à Neuilly, qui donnera toutes explications.

Répertoire Général de Bio-Bibliographie

BRETONNE

Par M. René du COSQUER DE KERVILER

Bibliophile breton, membre non résident du Comité des travaux historiques au ministère de l'Instruction publique, ingénieur en chef des ponts, etc., Rennes, librairie générale Plihon et Hervé, 5, rue Motte Fablet, ont paru déjà 12 volumes in-8° (lettres A à E), notices sur toutes les familles de la Bretagne.

Vient de Paraître

Dans toutes les librairies, deux francs net et franco, chez l'auteur, auquel on peut écrire, baron Maxime Trigant de Latour, 3, rue Général Henrion-Bertier, Neuilly (Seine) ; à Bordeaux, chez MM. Feret et fils, 15, cours de l'Intendance ; à Paris, maison des libraires associés, 13, rue de Buci.

La Vérité sur le père et la famille du favori de Louis XVIII
La jeunesse du Duc Decazes

1 volume grand in-8° de 132 pages, franco deux francs, chez l'auteur et dans toutes les librairies.

Faites Insérer, des notices sur vos familles, votre biographie, la vie de vos parents, l'historique de vos châteaux, domaines, etc., avec portraits, armoiries, vues de châteaux, dans l'*Encyclopédie universelle illustrée de biographie et d'histoire*, le fascicule IV° est à l'impression, le plus luxueux dictionnaire qui existe.

Un de nos plus célèbres aquarelliste, exécutera tous les tableaux que l'on pourrait désirer, le prix pour un petit travail ordinaire varie entre 150 et 300 francs. L'artiste fournira un tableau plus fin et meilleur pour 1000 puis 2000 fr., 3000, etc.,

On peut demander un sujet déterminé et débattre le prix d'avance. Pour les personnes qui ne désirent pas un sujet précis, elles n'ont qu'à désigner le prix qu'elles veulent mettre (tant d'aquarelles de tel prix).

Adresser les demandes à M. le Directeur du *Recueil d'Actes*, 3, rue Général Henrion-Bertier, Neuilly.

M. le b⁰ⁿ de Latour, directeur, peut répondre de cette annonce comme de confiance.

Nouvelle Direction, Transformation complète

Annuaire Général Héraldique

15, rue de Surène, Paris (VIII°)

Noms, adresses, notices des familles nobles. Reproduction de 4,500 blasons en noir et en couleur.

Prix, broché 20 fr. ; port en sus. Relié 30 fr.

Connaître le caractère d'une personne à son écriture

Un graphologue des plus forts est à la disposition de ceux qui voudraient savoir le caractère des personnes dont ils communiqueraient quelques lignes d'écriture. Analyse simple de quelques lignes, 2 fr. 50 ; analyse détaillée, 4 fr. Adresser les demandes à M. le Directeur du *Recueil d'Actes*, 3, rue Général Henrion-Bertier, Neuilly (Seine). M. le baron de Latour, directeur, peut répondre de cette annonce comme de confiance.